MIRROR IMAGE 镜像

朱燕玲工作室

像素

PIXEL／TÓTH KRISZTINA

[匈] 托特·克里斯蒂娜

方萱妮 何溯／译
高兴／审校

中信出版集团｜北京

图书在版编目（CIP）数据

像素 /（匈）托特·克里斯蒂娜著；方萱妮，何溯译. -- 北京：中信出版社, 2024.6
ISBN 978-7-5217-6483-3

Ⅰ.①像… Ⅱ.①托…②方…③何… Ⅲ.①短篇小说-小说集-匈牙利-现代 Ⅳ.① I515.45

中国国家版本馆 CIP 数据核字（2024）第 066433 号

Copyright © Tóth Krisztina
Chinese translation rights arranged with Magvető Publishing, Budapest
Simplified Chinese translation copyright © 2024 by CITIC Press Corporation
ALL RIGHTS RESERVED
本书仅限于中国大陆地区发行销售

像素
著者：　［匈］托特·克里斯蒂娜
译者：　　方萱妮　何溯
出版发行：中信出版集团股份有限公司
　　　　　（北京市朝阳区东三环北路 27 号嘉铭中心　邮编　100020）
承印者：　河北鹏润印刷有限公司

开本：880mm×1230mm 1/32　　印张：6　　字数：108 千字
版次：2024 年 6 月第 1 版　　　　印次：2024 年 6 月第 1 次印刷
京权图字：01-2024-1775　　　　　书号：ISBN 978-7-5217-6483-3
定价：59.00 元

版权所有·侵权必究
如有印刷、装订问题，本公司负责调换。
服务热线：400-600-8099
投稿邮箱：author@citicpub.com

文本的身体
——致中国读者

托特·克里斯蒂娜

我的作品《像素》出版于 2011 年，看到它的中译本即将与各位中国读者见面，我感到非常高兴。匈牙利地处欧洲中心，但在世界文学中，匈牙利文学却面临着相当艰难的处境。要是以中国为参照，仅有一千万人口的匈牙利简直小得不可思议。这个小小的国家始终屹立在大西欧社会和欧洲东部帝国的边界线上。匈牙利语既不属斯拉夫文化，亦不属盎格鲁–撒克逊文化，它是芬兰–乌戈尔语族的一支。在欧洲各语种中，它只与芬兰语和几个小语种有亲缘关系。我们国家的文学鲜少有人翻译，因此我非常感谢每一位翻译匈牙利语文学的译者。

我有幸去过中国三次。在 2008 年参与了上海书展后，我又参加了香港和成都的国际文学节。源远流长的中华文化和秀美的自然之景深深印在了我的脑海中。在我 2017 年出版的诗集《鲸歌》中，我特地分出专列，收录了我受中国之行启发而作的诗歌。北京、上海、西安、成都、香港都给我留下了深刻的印象。如果要用一个词来概括，那就是"谦逊"，这是一种看待个体存在与时间的全新视角，一种与我们欧洲人截然不同的视角。

已有相当数量的中国文学作品被译介到了匈牙利，这对于喜爱中国文学的匈牙利读者来说是一大幸事。除了曹雪芹、刘璋、董说等古典作家，我们还能接触到匈牙利诗人翻译的中国诗歌，杜甫、李白、屈原的诗歌在匈牙利已成为世界文学的重要组成部分。此外，我们也能读到现当代的中国文学，像赵明[1]、老舍的剧作，姜戎、刘震云的小说，都已有了匈牙利语译本。余华的作品也已由匈牙利本土出版社——播种出版社出版。他的代表作《兄弟》深刻剖析了当代社会的现状。

《像素》的故事背景并不囿于匈牙利一地。在开始谈论情节之前，我想声明一点：这部作品既不是经典意义上的长篇小说，也不是短篇小说集。它介于两者之间。我听说中国人很喜欢玩魔方，有个名叫夏焱的青年，曾经五次打破了复原魔方的吉尼斯世界纪录。我鼓励读者们像玩魔方一样阅读这部作品，一步步还原出完整的故事情节。你完全可以把这

---

[1] 赵明，原名赵普琳，剧作家，1951年创作电影文学剧本《新断魔爪》《寂静的山林》《南海的早晨》等。——本书脚注均为译注

些故事当作独立的短篇，但读上三四章，你就能发现绵延其中的结构。每一章都用人类的身体部位来命名。为何要如此安排？当下广为流行的后现代文本解读路径总会提到一个术语，"身体"。就我个人而言，文本并不是抽象的事物，我的解释是，文学是对现实有血有肉的模仿，因此，文本就是人的身体。

书中的故事并非线性排列，在阅读中，我们常常要在时间线上来回跳跃。我们还会看到这些人物在不同年龄时期的样子，他们在生活里扮演的各种角色。我想在这本书里探索的是，我们如何在社会身份和性别身份的差异中经营我们的生活。在现代社会中，我们必须满足各种各样的期望，而在《像素》或者说在这本书中，大多数人物都迷失了自己原本的方向。他们漠然地在自己的生活里游荡，试图回想起曾经的渴望与欲求。他们渴望掌握自己的命运，最后却总是失败，我们有时会朝他们投去几丝同情，有时却又对他们发出嘲讽的笑声。

幽默和讽刺对我来说非常重要。我常常用讥讽的笔调叙写骇人的重大事件。也正因如此，这些故事读起来稍微有点距离感。文中从头到尾都在絮絮叨叨的叙事者也起到了类似的作用。他／她一直在重新组织语言，修正自己的口误。因此，读者会觉得自己似乎在阅读一份罗列着"可能发生之事"的清单。每位读者都可以从中读出埋藏在自己心里的故事，找寻到独属自己的痛苦、秘密和渴望。

请允许我再讲一个想法。还在中国的时候，有一回，朋友们拿出了上好的茶叶来招待我，我也从中体会到一种深刻的、富有启发性的饮茶之乐。我们欧洲人喜欢喝袋泡茶。在书中关键的一章里，我写道，雕塑家建造了一个颇具纪念意义的塑像，用的就是袋泡茶的茶包。这又是为什么呢？因为那些泡过的茶包显示出人类肌肤的种种差异之处。

在转向人文学科之前，我主攻的是雕塑，也曾想要成为一名雕塑家。那时，我们雕刻作品，常常用茶包来擦拭石膏。湿茶包擦过的石膏看起来就像烧过的陶器，仿制品看起来就像真的一样。这些故事也是真实世界的仿制品。它们看似真实，但叙述者始终在提醒我们，这些只是故事。然而，你能一口咬定这些只是故事吗？文学和现实真的没有重合之处吗？

这部作品在不同国家出版后，我总是能收到读者们为这本书编制的人物关系网。我希望各位中国读者也能被这本书挑起好奇心，也来试着拼出书中人物关系的魔方。也许文化背景和设定会稍稍制造出一些距离感，但人类的处境、失损、危机，还有复杂的情感关系总是共通的。我希望各位读者也能心有同感。再次感谢出版社和译者，能够让这本书跟各位见面。在此，我提前感谢各位的耐心阅读。

像素、拼图或色块
译者序

托特·克里斯蒂娜（Tóth Krisztina，1967— ）是一位多才多艺的匈牙利女作家。作为一名自由职业者，她曾学过雕塑，也曾以彩绘玻璃谋生，还编过小学教材，而在文学领域，她涉猎的体裁也相当丰富：诗歌、小说、儿童故事、剧本、翻译……托特的写作动机很纯粹，完全顺从内心的召唤，自1989年她的长子出生伊始，她便开始创作儿童诗歌，同年，她发表了《风衣摇曳》，这是她写给孩子的第一部诗集。

托特从不避讳所谓的社会禁忌，即便是在儿童故事里，她也自然而然地谈论着病痛、绝症与死亡。在生活中，托特总有一种危机意识，她总是用怀疑的目光打量自己身处的世界，仿佛她始终是世界的局外人，无法融入任何集体。于是，她从雕塑转向文学，离婚后独自抚养孩子，在时代变迁中选择成为一名自由职业者。孩子出生后，她敏锐地意识到了家族成员间微妙的代际联系，一个问题开始萦绕着她——如果一个人本身就没有坚定的信念和价值观，她又该如何为孩子们带来安全感？

为了解决这个问题，托特不断把角色抛进各种艰难的处境，而她站在一旁，冷酷地观察着角色在各种情况下做出的抉择。托特的创作体裁也逐渐不止步于儿童文学，千禧年后，她又创作了《条形码》《鱼缸》《猴眼》等小说，这些面向成年人的作品更像一道直刺社会黑暗面的亮光，将我们这陌生而荒凉的时代映照得宛如白昼。

匈牙利的历史与文化赋予了托特对于无常世事的敏感和自觉。她既不相信世界的秩序，也不希求文学的安慰，在她看来，好的文学绝不只是提供为普世价值所簇拥的安全感。她的故事中没有正义与清算，没有道歉与宽恕，也没有任何解决问题的方案。托特只是记录下生活中的极端时刻，她的作品中总隐约着某种创伤，譬如家族史中被压抑遗忘的故事，战争遗留下来的稀薄阴影，女性作家的生存处境。尽管她也对未来的世代抱有希望，但她明白，她必须在自己这代人中生活，为自己这代人写作。

《像素》(*Pixel*)于2011年由匈牙利播种出版社(Magvető Kiadó)出版。它还有一个副标题，"szövegtest"，这个词的意思是"文集"，是由"文本"和"身体"组成的合成名词。托特曾说，在所有艺术形式中，诗歌和短篇小说以其简洁凝练而贴近她的心灵。《像素》正是一部由短篇小说组成的作品，全书由三十篇独立故事组成，没有一定的阅读顺序。每个故事讲述的都是普通欧洲人在历史中的私人记忆，这些记忆并不按照时间顺序排列，似乎只是以纯粹偶然的形式聚集在一起，但随着阅读的深入，读者便能从文中窥见角色们处处联结着的、广阔的生活。一开始进入文本时，读者也许会觉得托特构建的世界充斥着无法预测的变数，但只要继续读下去，读者便能慢慢发现，有某种永恒之物如丝线般穿行其中。是的，有些事物分崩离析，譬如婚姻，譬如健康和生命；但有些事物却也能重新汇合，譬如多年前分离的恋人，譬如年轻姑娘和历史亡魂；而更多时候，事物只是静静生长，譬如画家手中逐渐生长的塑像，譬如松树苗长成一大片松林。在这个意义上来说，"像素"是每一个故事，它们汇聚于此，组成了一卷细致而悠远的社会风俗画；"像素"同时也是每一个角色在故事中的不同碎片，每一个碎片都折射出角色不同的面貌，而它们拼在一起，就是那麻木地浸没在生活之海中的芸芸众生。

托特用简单平实的语言建构了这个故事魔方，但要把它翻译出来并不是一件容易的事。在这位作家笔下，语言的游戏是表达的重要手段，幽默与讽刺常常经由角色的唇舌或无处不在的叙述者流淌而出：双关、转喻、夸张，以及对词语本身的加工再创造，托特熟练地利用这些工具编织出一段段俏皮话，这些妙趣横生的语言游戏总能让读者会心一笑，却只能让译者露出苦笑。匈牙利语属黏着语，主要靠丰富的词缀体系来实现语法功能，词缀的增减，词语的双关，抑或两个词语的拼合便能让匈语母语读者捧腹，可要将其转译成汉语，实在不简单。此外，为了尽量贴近托特简洁而睿智的语言风格，我们倾向于选取更口语化的表达，却又唯恐太过"本地化"，丧失了翻译文学应有的陌生感。如此终日惶惶，字斟句酌，我们总算交上了这份答卷。但翻译是永不可能完成的工作，我们能做的，只有在无数词语的无数意涵间，在两种语言的差异间，在经验与环境的隔阂间周旋，推敲，其中错漏或不自然之处也望各位读者批评指正。

在翻译过程中，特别感谢高兴老师对我们的指导和帮助，感谢郭宏安老师的教诲与鼓励，您的精神一直是我们文学翻译之路上的灯塔。还要感谢中信出版社和本书作者托特女士的支持，以及布达瓦利·齐拉老师带给我们有关匈牙利文化的启发，也真诚地感谢每一位陪伴我们、给予我们支持鼓励与宝贵建议的朋友。

何溯、方萱妮

2023 年 10 月

目录

i 　文本的身体——致中国读者

v 　像素、拼图或色块——译者序

1 　第一章／手的故事

6 　第二章／颈的故事

11 　第三章／眼的故事

16 　第四章／腿的故事

21 　第五章／头的故事

27 　第六章／手掌的故事

32 　第七章／肩的故事

37 　第八章／耳的故事

43 　第九章／指的故事

48 　第十章／阴道的故事

54 　第十一章／脚踝的故事

59 　第十二章／头发的故事

64 　第十三章／心脏的故事

70 　第十四章／大腿的故事

77 　第十五章／脐带的故事

82　第十六章／乳房的故事

86　第十七章／舌的故事

94　第十八章／肚子的故事

99　第十九章／阴茎的故事

104　第二十章／齿的故事

110　第二十一章／下巴的故事

116　第二十二章／脚掌的故事

122　第二十三章／嘴的故事

128　第二十四章／牙龈的故事

134　第二十五章／后颈的故事

143　第二十六章／脊背的故事

150　第二十七章／鼻子的故事

157　第二十八章／膝盖的故事

162　第二十九章／胎记的故事

169　第三十章／臀的故事

第一章
手的故事

这只手的手指短小又柔嫩，所有指甲都被啃得乱七八糟的。它属于一个六岁的小男孩，他掰着手指算数，也常常用手来揉眼睛。男孩坐在一张小凳子上，捏着裁缝粉笔在桌面上画着圆圈，有人提醒过他好几次别这样做，他可不管。他画着螺旋状的线条，线条组成一个个圆圈，他想，要是一直不停地画下去，线条就会根根相叠，然后从桌面升到半空，就像个立体弹簧。他曾试着跟别人讲过这个点子，但从没有人听他说完过，于是他现在歪着脑袋，独自在木板上忙活着，手臂遮着他的画作。大人们把裁缝粉笔藏在抽屉里，结果被他找着了。顺便一提，小男孩名叫达韦德，与妈妈鲍日娜和几个姨妈一起住在华沙犹太区。门从外面被撞开了，房间里的三个人立马缩进角落。塞丽娜猛地站起身来，她一眼就看到了那块裁缝粉笔，但还没来得及出声，一颗子弹就击中了她。粉笔掉在地上，摔成了两半。过了一会儿，入侵者一拥而入。他们在厨房抽屉里翻找刀叉和银器时，有人一脚踩在了粉笔上。可惜达韦德再也没有机会完成他的粉笔实验了，他没能在战争中活下来。他死在了特雷布林卡集中营。[1]

我搞错了，搞错了，达韦德不是在特雷布林卡死的，死掉的也不是一个小男孩，而是个小女孩。不过这些小孩子的手都那么相似，指甲全都啃光了，软乎乎的指头又粗又短。总之，这是一个小女孩的手，小女孩名叫伊莲娜，来自立陶宛维尔纽斯。我讲得颠三倒四，因为我想一次性把所有的故事全都讲完。她怎么会是立陶宛人！她的头发只在第一眼看上去是金色的。真是这样，那头秀发乍一看是金黄的，实际上却色深而卷曲。其实——这是真的——她名叫加芙里埃拉，出生于萨隆基[2]，1943年2月被关进了奥斯威辛集中营。她在战争中活了下来，但她失去了母亲和家园，只能流落他乡。后来，她会去巴黎，在那里安顿下来后，她会成为一名法国记账员。是的，这种事情也是有可能的。

她的丈夫是一位白领，为人友善，只是没什么头发。他在巴黎银行上班，但他本人同我们的故事完全无关。加芙里

---

[1] 纳粹德国于1942年建造的集中营，位于波兰境内。
[2] 波兰中北部村庄。

埃拉日常用法语思考，她已经忘了希腊语该怎么说。她妈妈的希腊名字，多姆娜，在她的耳中跟法语里的"诅咒"越来越相似。她同孩子们讲话时也说法语。实际上，如今她只读译成法语的希腊文学作品。她的手确实不怎么好看，指头短短的，因此，她丈夫送她的那些饰品她从来也不戴，只把它们保存在一个皮质首饰盒里。加芙里埃拉过得并不快乐，毕竟，也没有多少人能在巴黎过得快乐，不过她也知足了。她还有一个好友，她们俩经常一起去购物。

好友和她简直是一个模子里刻出来的，两人肩并肩坐在地铁上时，别人都会以为她俩是亲生姐妹。其实，好友有一半罗马尼亚血统，一半匈牙利血统，跟她一样，也长着一头鬈曲的灰褐色头发。我知道，这个故事越讲越复杂了。但我们没法让现实杂乱无章的线头变成闪着光泽的流苏，线索太杂了。好友的手也不好看，但美或丑，她已毫不在乎，毕竟，她已不再年轻。

在很久很久以前，有人丢开了她的手。那时候，她的妈妈在克卢日-纳波卡[1]有个情人。当时，清洗犹太区的消息满天飞，情人设法弄来了两张通行证。妈妈苦苦想了三天三夜，最后还是跟着情人跑了，将只有四岁的克斯米娜独自扔下。妈妈寻思，还是先保住自己的命要紧。她往女儿怀里塞

---

[1] 罗马尼亚西北部城市。

了一个包裹，然后就头也不回地转身离开。那天是1944年5月13日，小女孩站在鸢尾花区[1]看着妈妈离去的背影。巧合的是，后来，克斯米娜的儿子也在5月13日这一天出生，他的名字是达维德。当然，这跟那个死在华沙犹太区的小男孩一点儿关系也没有，尽管两个小男孩同名，但已经没人记得达韦德了，而这个达维德却总会有人记得。他的曾祖父是匈牙利人，老爷子奇迹般地挺过了战争，但后来却没挺过齐奥塞斯库[2]统治的天堂[3]，他离开人世前，刚刚得知达维德出生的喜讯。他觉得达维德这个名字不好，不过这又是另一码事了。达维德妈妈小时候被抛弃的事，不是曾祖父讲给他听的（幸好不是），而是砖厂犹太区的居民告诉他的。克斯米娜变成弃儿后，正是这些好心的居民出于愤怒与道义，担惊受怕地把她抚养长大。[4]

我刚刚说谎了，但不知道为什么，我总觉得事情本就是这样。实际上，达维德并不知道妈妈被抛弃过。毕竟没有人能活那么久，久到能跟达维德见上一面，久到可以告诉他，当时，妈妈的妈妈是怎样苦苦乞求情人把两张通行证都

1　罗马尼亚克卢日-纳波卡的北部地区。
2　尼古拉·齐奥塞斯库（Nicolae Ceaușescu，1918—1989），二十世纪下半叶罗马尼亚政治人物。
3　二战后，匈牙利一部分领土划归罗马尼亚。
4　作品中有些相同的名字，比如达韦德与达维德，由于在不同国家发音和拼写有所不同，因此译成中文时也会有所区别。

给她，而求生的欲望又是如何在她被爱情占据的混乱头脑里占了上风。加芙里埃拉也没听过这个故事，她所听到的故事里，一切都发生在遥远的立陶宛，维尔纽斯。故事中的小女孩名叫伊莲娜，是伊莲娜的手被丢开了，被妈妈扔下的小女孩其实是伊莲娜。加芙里埃拉多多少少也能猜得到，这对母女没有一个在战争中活了下来。

这一切当然都没法查证了。这么多名字，看得人眼花缭乱，很难搞清楚谁是谁。我们一般还是得靠推测。比如说，达韦德的粉笔实验在理论上是可以成功的，毕竟线条具有延展性。不难推测出，达韦德是对的。如果在同一个地方不停地用粉笔画圆圈，不受时间限制一直画下去，线条就会根根相叠，从桌面上升起来，变成一个圆柱体，我们甚至还能触摸到它的凸起，这可不像树上的瘤节。在纸上也可以做这个实验，不过在这个世界上，还没人有耐心花这么多的时间去完成这项粉笔实验。

第二章
颈的故事

"妈,别犯傻了,你可一点也不老!"

女人站在试衣间外的走廊上,铆足了劲儿要把她的母亲推回去。试衣间外有几个德国人在排队,她们胳膊上搭着衣服,颇为不解地打量着这两个女人。年纪更大的女人只是摇头,看起来心意已决。她介意的可不是镜子里瞥见的宽厚的后背,也不是深深箍进肉里的胸衣和邋遢的灰白头发。这些事原本都会让她不快,但这次并没有。她也不是心疼女儿的钱,女儿挣得可不少,有时候德国女婿也乐意为岳母添点东西。她如此反应,完全是另有原因:在试衣间里,她偶然注意到了某样东西,却又说不出口。她脸红了,可这其中的原因实在难以启齿。她永远也不会跟自己的女儿讲起这个跟脖颈有关的故事。

1978 年,她第一次来到西方。其实在这之后,她也没去过几次，但毕竟每个第一次都值得纪念。她受邀去乌尔姆参加会议，那年，女儿们还小，丈夫留在家里照顾她们。一般来说，医生并不会带着拍X光的助理医师去开研讨会，更别提去参加一场为期五天的西方医学大会。她猜测，这次出差是主任医师安排的，她还猜测，主任医师对自己有所企图。

一天晚上，两人在酒店走廊紧紧抱在了一起，难舍难分，女人知道，自己接下来肯定要和他一起回房间了。两人都喝了酒，她艰难地忍受着周围的一切。他们头晕目眩，倒在床上，做爱直至天亮。清晨五点左右，医生突然从酒醉中清醒过来，立马离开了房间，就像听见病人按响了窗边的呼叫铃一样。

女人八点左右才起床。她在浴室的镜子中看见，男人在她的脖子上留下了吻痕。以前从没有人在她身上留下过这样的痕迹，她惴惴不安，不知道它能否在三天内自行消失。她在酒店吃过早饭，揣着口袋里的出差补贴去了市中心，走进一家商场的女装店。被性爱填满的夜晚和一整个上午的空闲解放了她。她打算给自己买点东西，从前，一旦她心底闪出这样的想法，愧疚便会紧随其后迸发而出，牢牢攫住她的心脏，但这一次，那种熟悉的感觉没有出现。

她拿着一件红色低胸连衣裙走进试衣间。在家里，她从来不会尝试这种颜色太艳的衣服，然而在这家商店里，她正想象着自己穿上它的样子。她站在试衣镜前,镜子里天蓝色眼睛的女人回望着她,她确实还可以再穿几年红色。

她在镜子前转了半个圈,打量着裙子的侧面,这时,她看见了衣架上的丝巾。估计是谁把它忘在那里了。这条丝巾红蓝相间,上面绣着字。她这辈子从没偷过东西,自然也不打算偷走这条丝巾,她只不过想试戴一下。丝巾很衬她,而且刚好能遮住脖子上的吻痕。她解下丝巾挂回衣架,这样,失主要是回来,就能找到它了。她正准备走出试衣间,心脏却一阵狂跳,完全无法平复的渴望突然腾起:不如还是偷走吧。为这条红裙而生的丝巾。她慌张地抬起头,看了一眼试衣间的天花板,好像上面有谁在看着她似的,下一秒,她就把丝巾塞进了包里。在收银台排队的时候,她感觉收银员看穿了自己,仿佛下一刻,她就要指着手提包,让自己把丝巾拿出来。也许某个顾客会突然朝她扑来,质问她,自己落在试衣间的丝巾现在在哪里。但付账时,谁也没注意她,她拿着购物袋走出大门时,也没人看她。直到坐上扶梯,她的心跳才平复下来。

下午参加会议时,她穿着红裙子,戴上了丝巾,播放着演讲用的幻灯片。在丝巾的衬托下,她的蓝眼睛波光流转。主任医师嘴中正吐着一长串德语,她听不懂,但她觉得,台下每个人都在注视着她的胸脯,尽管已经哺育过两个孩子,它们依旧性感迷人。

晚上吃饭时，丝巾仍然戴在她的脖子上，饭后，医生再次叩响她的房门，她开了门，前一个晚上发生过的事再次发生了。

如今，二十九年过去了，她在试衣服时突然生出了某种不确定的感觉，久违的苦恼不安再次攫住了她，这一切到底意味着什么。她艰难地扒下身上紧绷的衬衣，来到隔壁女儿的试衣间门口，掀开帘子走了进去。女儿正在试衣服。她头上套着毛衣问，是你吗，妈妈？接着，她的头从衣服里钻了出来，但她染成金色的头发并没有一起冒出来，女人第一眼只能看到一块反光的布料。起初，她以为女儿被内衣缠住了，后来才发现她是在头上裹了一条丝巾，面纱一样遮住了她的脸。女儿解下丝巾放回衣架，那里还挂着两条一模一样的丝巾。"她们用完就到处乱挂，"她解释道，"要挂至少也要找个好点的地方吧。试衣服之前戴上这个，脸上的妆就不会蹭到衣服上了。"

老太太默默转身，走出了试衣间。她想起1978年，自己戴着那条丝巾站在讲台上，她确信，台下的每个人都看出了那条丝巾是从哪来的。丝巾上红蓝相间的条纹和商店手提袋上印的商标一模一样。她还确信，大家都看到了那条偷来的丝巾下紫色的吻痕，看到了那段偷来的私情，甚至还看到了她家中的丈夫和两个小女儿，就像她也总能从X光片中看出那些连病人本人都不知道的事。

"我什么都不要。"她疲惫地对女儿说。随后她推开试衣间外面的队伍,费力地挤了出去,就像平时她拿着诊断报告走在医院的走廊上,并不想被病人的家属缠住一样。

第三章
眼的故事

女人坐在布达佩斯地铁车厢的座位边缘,这个位置就在车门的旁边。这也正是另一个故事里加芙里埃拉和克斯米娜乘坐的那节车厢。而我,本书作者,各位读者目前听到的时而模糊时而清晰的声音就来源于我,我的讲述就像和剧场演出同步的电台转播,而此时此刻,我就坐在这个密不透风的车厢里,正对着这个女人。一开始我还没看见她,因为我是站着的,但后来她的对面空出了一个座位。坐下后,只要车厢不太拥挤,视线没有被站着的乘客挡住,人就免不了要盯着别人看。

看到她的第一眼就能知道,这位女士是个盲人。她戴着一副黑色墨镜,坚定而笔挺地坐着。她的身边放着大大小小的包裹,还有一根白色的细手杖。手杖前端有一个小小的用来敲探道路的塑料头,正抵在女人鞋旁边的地板上。天啊!

她还穿着高跟鞋。这是个虚荣的、秀颀的盲女。她坐在门的旁边，看来，她刚一上车，就有人给她让了座。

列车到站了，下车的人纷纷站了起来，我的视线被挡住了。当时我还在想着盲人，他们走起路来谨慎又和缓，随时都能突然停下来。那是一种盲人特有的姿态，昂首挺胸，走路从来不低头看脚底下。

很多人都下了车，我的目光又一次毫无阻碍地落到对面的座位上。女人依然保持着笔挺的坐姿。她可能有五十五岁了，但绝不会超过六十岁，她是那种让人猜不透年龄的女人。她穿着漂亮的棕色裙子和同色系的棕色小外套，手上涂了指甲油，指头上戴着一枚大得惊人的古怪戒指。它表面磨砂，有棱有角，看起来相当有分量，看不出它是不是婚戒，但如果当成婚戒来看，它就太大了。这枚戒指并不是那种能平时戴在手上的款式。

又到站了，我面前又站满了人。我脑中想着那双涂着浅粉色指甲油的手。涂指甲油并不简单，就算不是盲人，想要涂好也得花些功夫练习。她肯定不是自己涂的。她去了美甲店，也就是说，她之前不是盲人。这是她过去保留下来的习惯。换句话说，她是后天失明的。她一定有一个哀愁而衰老的丈夫，他总会称赞她的指甲做得很漂亮。又或者，城里有一位美甲师，跟她这位客人很熟，在美甲师面前，她甚至不介意摘下墨镜。盲女会把墨镜放到小桌子上，指甲泡进盛着水的小盘子里。这看起来也不对。也许她有一个瘫痪的女儿天天饱受着良心的折磨，女儿经常会帮妈妈涂指甲，她们还会讨论半天，到底该用什么颜色。女儿极其讨厌妈妈青筋突起的手，也早就受够了指甲油的气味。

我又能看到她了，这回我的目光扫过了她的脸和头发。她的头发精心剪过，还染了色，不用说，她一周至少要去两次理发店。这当然也是为了她哀愁的丈夫。女人曾有一双美丽的蓝眼睛，但后来在一场意外中失了明。车祸。不，是热带眼病。她的丈夫是外交官，夫妻俩在国外居住时，女人的眼睛患上了无法治愈的疾病。她还去过瑞士治疗，尽管花了一大笔钱做手术，也只能实现短暂的复明。不对，她之前的眼睛是漂亮的琥珀色，当年丈夫正是因此才爱上了她。几年前，她被诊断出患有视神经肿瘤，从那时起她就失明了。她并不觉得自己是盲人，只是适应了这个离谱得有些荒诞的境况。不对，她有双绿眼睛，失明也只是暂时的，就像爱情一样。她做过视网膜手术，术后有几个星期需要避光，这就是为什么她戴上了墨镜。禁不住丈夫的一再坚持，她才答应去医院买回那根白色手杖，就算手中攥着医生开的处方，她还是很不好意思。买手杖的路上，她想到了那个挂着义乳泳衣的橱窗，心中几乎一下就要打起退堂鼓了。最后，她还是走进了这家医疗用品店，紧张得心脏怦怦跳。反正到头来，人们还是会以为她安了义乳，或者类似的东西。她最后还是有些尴尬,也不知道电车上会不会有人注意到她。早知道就去另一家店了,她想,但这家店还是更熟一些,毕竟回家的路她已经走好几年了。

车厢里又上来了很多人,他们挡住了我的视线。我隐隐有些不安,但又找不到原因。我像侦探一样,在大脑里拼凑起各个细节,总是感觉有哪里不太对劲,但又说不上来。突然间,我发现了破绽所在。我兴奋极了,像一个突然找出关键线索的警官。

就是这里!是这里不对劲!她戴着手表!她为什么会戴手表?手表对她而言可能只是个配饰。这也是她固执地从过去保留至今的习惯。这块金表戴起来相当麻烦,扣带要摆弄很久才能戴好。这块表通常都是丈夫来帮她戴,每次帮忙时他都心情烦躁,因为这块表实在是很难戴。但他也不敢问妻子,这么做究竟有什么意义。这些年来他什么也不敢问,只敢回答妻子的问题,但即使只是回答,他也生怕说错了话。有几次上班迟到了,他就会想,这块天杀的手表,换句话说,这都怪他妻子,他上班前总是要在那块表的扣带上大费周章。

人群涌向了门口。在那么多双鞋子中间,我看到了她的高跟鞋。看样子她站起来了。女人正朝门走去,现在我可以从头到脚地观察她了。她一只手里拿着一个纸袋子,上面印着一个室内设计品牌的蓝色标志,另一只手中白色的手杖并没有碰到地面。因为这根白色的棍子实际上是窗帘轨。她不是盲人。

她戴的手表也不是儿子送的。她有两个儿子,但这块表是她那个名叫赫尔佳的女儿送给她的,没错!这块表是假货,它甚至连时间都走不准,女人下车时看到了地铁站的时钟,足足比她的表快了12分钟。这块表花了5欧元,女儿在希腊的海边跟她的男人说,没关系,买这块就行了。她已经买了一大堆东西,不想再多花一分钱了,况且,她对自己的妈妈也没有多少爱可言。

第四章
腿的故事

染了一头紫红色头发的女教师在走廊上来回打转，怎么找也找不到女厕所。她很讨厌去培训机构教语言课，这次她费了大力气才找到这里，到了之后却连撒泡尿的时间都没有。近日里天气越来越热，她腿疼的毛病也开始犯了。

走廊上刚好没人，她便溜进了男厕所。看起来这层只有这一间厕所。她上完厕所，刚要提上内裤就听见了推门声，有人来了。来人站在小便池前解开裤子。不用着急，他很快就能上完走人。周五的晚高峰即将到来，她得赶紧去下一个地方上课了，下节课要教的也是商务外语，从这里开车过去少说也要花45分钟。她正计算着，从哪一座桥过河会更快些[1]。外面的男人仍不慌不忙，没有动身，她愈发不好意思走

---

1 布达佩斯有九座大桥横跨多瑙河，将布达与佩斯连为一体。

出来了。时间缓慢地流逝,两分钟过去了,这两分钟在阅读本文时算不了什么,但对于这位女教师来说,简直每一秒都在煎熬着她的神经。外面那个男人好像在故意拖延时间,就像他满心好奇地想看看谁在里面一样。而隔间里的马桶又离门太远,他从外面根本看不到她的鞋。女教师实在等不下去了,直接推门走了出去。

她走出来的时候,男人正把拐杖夹到右腋下——他得腾出手拉开裤子拉链,所以一直靠在瓷砖墙上。女人发现,他腿上打了石膏,从脚一直包到了大腿。她本想就这么溜出去,但又不好意思放着一个腿上打着石膏的人不管,尽管场面有些尴尬,她还是替他扶着弹簧门,等他拄着拐杖走出去。男人出去之前盯着她的脸仔细地看了看,最终得出结论:女人到了中年,就不适合染紫色头发了。

他搭电梯下到一楼时,才反应过来,呀,刚才那个女人进的是男厕。但他来不及细想,出租车就来了,他还要去创伤外科。今天就要拆石膏了,也到了要拆的时候了,他想,打了那么多抗凝血针,他的肚子都变蓝了。上周还下了雨,他给打了石膏的腿套了层塑料袋,一眼看下去,他就像个流浪汉。

女教师没有躲开晚高峰,只能排在长长的车队里,一点一点往前挪,与此同时,男人正在拆石膏,房间里回荡着电锯的嗡嗡声,拆完后,医生给了他一张写着理疗师电话的小纸条。以防万一，男人还是带上了拐杖，过马路时，他还稍微撑了一下，这条腿很久没走过路了，乍一落地竟然还有些刺痛。他有一种自由的感觉，他的腿轻便得不可思议，就好像它根本不存在一样。他看也不看马路上的车，就甩开步子朝前走，有个开蓝色铃木的女人冲他猛摁喇叭，又大挥手叫他看路：喂，现在是红灯！其实，男人已经不需要拐杖了，它只会拖慢他的脚步，于是，在下一个街角，他把它靠在了路旁的垃圾箱上，打电话叫了辆出租车。这天是垃圾日[1]，垃圾箱里和人行道上都堆满了附近居民丢掉的废品。

一小时后，整个街角被围了个水泄不通。两个身穿运动服、挺着小肚子的人在拖着步子搬冰箱。地上丢着破旧的长凳和用烂了的沙发椅，脏兮兮的床垫堆成了小山。有个吉卜赛女人裹着羽绒服，坐在一个带推拉门的储物柜上嗑着瓜子，两腿来回晃悠。和她一起的男人一身腱子肉，目光阴沉，他抓起一根拐杖扔进他们拣好的东西里，然后动作麻利地拆起了冰箱。男人仔细地拆下电缆，剥去塑料外皮，剪下插头，塞进包里。他正准备拆掉冰箱侧板时，另一帮回收废金属的小分队也来到了这里。他们的卡车里放着成堆的烫衣板和烘干机，还有其他各类废金属。这些后来者盯上了那台冰箱，他们跳下卡车，走了过来。起先，他们只是试探着推

---

[1] 匈牙利一年一度的垃圾日传统，在这一天，居民将家里的大件废弃家具搬出来扔到指定地点以供回收。

揉几下，后来便开始破口大骂，还有人操着吉卜赛语恐吓这对男女。女人收起嗑瓜子的手，冲丈夫说：

"快放手吧！你想干什么，啊？不怕人家把你抓进古拉格吗？"

男人耸耸肩，退了几步，这时，那群人中有个小伙子发现了那根拐杖。嗑瓜子的女人冲拐杖吐了口瓜子壳，意思是可以交换。小伙子弯下腰，仔细观察了一番。他把拐杖夹在腋下，拄着它一脚深一脚浅地走了几步。围在一旁的几个人都劝他把它拿走，他们说这根拐杖正适合他，再不济还能拿它换点钱。

最后，小伙子用两瓶啤酒换走了拐杖，但他从街角的商店回来时，其他人已经坐着卡车扬长而去，他哥哥也在那辆车上。

他把拐杖夹在腋下，一瘸一拐地走向十字路口。他想练练怎么拄着拐走路。落日余晖暖融融、雾蒙蒙的，时空仿佛静止了，车道上的汽车一动不动。小伙子走上十字路口，拐杖硌得他生疼，但走没多久，他就觉得自己可以适应了。

拆了石膏的男人已经到家了。他的整条腿都在抽痛。他发誓，再也不踢足球了，尤其不能再像之前那样强行发力了。去年他得了心梗，能活下来实在得感谢上天。他想起了自己的小女儿：他应该给她打个电话的。但那样的话，他就得告诉她自己这些日子的经历，这会让他羞愧死的。男人一边想着，一边拉开窗帘，傍晚的阳光洒了进来，这会儿他才看到，这个房间乱成了什么样子。他一进门，就觉得这里像个老人的房间，就连空气里都充斥着一股老人味。

紫头发的女教师放下遮阳板，打开车载广播。她害怕自己会迟到。倘若从半空中看看这条长队，就知道她确实会迟到；这辆蓝色铃木无论如何都赶不上下一堂课了，离桥几千米远的地方有三辆车撞在了一起，所有的车道都堵上了。马路上汽车的发动机嗡嗡作响，有个小伙子一瘸一拐地在中间穿行。女教师从踏板上抬起脚，轻轻转动脚踝，试图缓解小腿的抽筋，就像长途航班上的旅客一样。"真可惜，"她想，"这些学校要是建得再偏一点就好了。"忽然，她透过开着的车窗看到了一只乞讨的手。女教师迅速伸手去拿零钱，她对自己发誓，一定要去看看医生。她掏出一把硬币递过去，那把钱比她平时乐意拿出来的数目还要多。

这件事可说不好。女教师不迷信，但她觉得这个下午反常得有些怪异——这是她遇见的第三个拄拐杖的人了。

第五章
头的故事

一切都始于这次意大利之旅。工程师旧日的游客细胞被激活了,他把每个景点都塞进了旅游规划里。他以前是做古迹保护的,于是这次,他特意游遍了这个意大利小城所有的名胜建筑,还有加里波第大街上的一排古堡。他一边参观,一边在心中发誓,以后再也不听外国导游的讲解了,这就是最后一次。

第二天上午,工程师还躺在酒店里,床突然震了一下。一开始是前后摇晃,然后慢慢变成了上下颠簸。他能想到的唯一合理的解释只能是地震。他猛地从床上弹起来,跟跟跄跄地爬到窗边向下看,视野中只有小广场平静的晨景,还有遛狗的老哥和趿拉着高跟凉鞋的金发女人。可当他回到床上后,震感却丝毫不减。失去意识前,他最后一个清醒的念头是:得抓住面前黑色柜子上的那把金钥匙。

如果他醒来时手里还攥着这把钥匙，就能确定这场地震并不是在做梦。可他醒来时，手里什么也没有，汗倒是流了一身。肩膀还痛得要命，因为几个小时前，就在他眼前，整个房间的轮廓全都散架了，失去意识之前，他使出浑身的力气紧紧扒在了床上。

天黑后，他去楼下对面的冰激凌店逛了逛。结账时，他来到收银女孩身边，女孩穿着白色T恤，戴了一对耳环，可他看不到女孩的脸，只能在她脸的位置看到一块不规则的硕大色块。他怀疑，自己这是中暑了，不过还是决定等回家后去看医生。一般来说，预约做核磁共振要等一个月，但医生当场就给他做了检查。他们让他拿着一个塑料泵，在检查中，如果有任何不适就按这个塑料泵。

做检查时，他总觉得自己正躺在一具棺材里。整个过程中，他都能听见有节奏的敲击声，好像有人要把他从生活的废墟下面救出来，还在用摩斯密码告诉他救援即将临近一样。

下诊断的女医生长着一双大而蓝的眼睛，那双蓝眼睛镶嵌在一张松垂的脸上，即便如此，女医生身上动人的女性魅力仍然光芒四射。

男人坐在家中，心不在焉地看着世界杯，他决定暂时先不把这事告诉妻子。就算告诉她，他又能说些什么呢？说自己出现了奇怪的幻觉，有个蓝眼睛的医生叫他下周二去医院复诊吗?

周二,他们在女医生的办公室里坐了下来。女医生瞥了一眼男人手上的戒指,上次检查时他手上什么也没戴,在做核磁共振前,他得把所有金属饰品都摘下来。这枚戒指造型确实别致,是他的妻子为了结婚三十五周年纪念日专门请人设计的。戒指的内圈是圆形的,外圈则是方形的,表面有一层喷砂。如果让男人自己选,他这辈子都不会愿意把这玩意儿戴在手上,不过他早就不爱妻子了,这才退了一步,抱着无所谓的态度,戴上了这枚品味怪异的戒指。告诉他诊断结果时,女医生决定一眼都不看男人的脸,她把目光牢牢黏在他的戒指上。医生没说实话,也就是说,她一句也没提到片子上显示的结果。她只说还要再做几次检查,还有些症状可能是肿瘤的前兆。需要全面检查,她小声嘟囔着。

如果当时医生选择说实话,那么她首先会告诉他,这肿瘤位于脑干,然后再告诉他,不久之后他就会失去记忆,甚至连性情都很有可能会改变。他也很可能会瘫痪。她举起片子对着光,把需要注意的地方——指给他看。在男人眼里,这些图案就像是对称的墨迹,上面还能看出不少东西呢。有猫头鹰,有京巴狗,还有狮子。女医生补充道,没错,还有狒狒,但男人没看出狒狒的脑袋在哪里。问诊时,女医生不时瞟一眼男人的手,想搞明白男人手上戴的到底是不是婚戒。不管它是什么戒指,女医生都觉得,它还是过于浮夸了。

不用说,男人的妻子肯定十分喜爱这些别致的小玩意儿。在医生正跟男人讲着话的时候,她还在宜家商场里购物。她从货架上搬下了一个硕大的蓝色灯球,她们家不缺这个,但她想买给女儿赫尔佳。赫尔佳今年三十岁了,不久前刚搬到一幢新建公寓的顶楼。她妈妈知道,短时间里是没法指望抱上外孙了,毕竟,赫尔佳从几年前开始,就和一个有家室的男人在一起了。即便如此,女人还是在脑海里画起了未来育婴室的蓝图。她还买了一个白色的塑料窗帘轨和几个在这个故事里毫无作用的浴垫。

与此同时,肿瘤正在攻占城池,它尝试着把自己占领的地方,也就是男人的脑袋,变成它的安乐小窝。现在,这颗脑袋里一丁点跟妻子有关的念头都没有了,甚至就连他的两个儿子、赫尔佳,还有新房子也都统统被赶出了他的脑海。晚上九点,男人坐在卫生间里,膝盖上平放着那张核磁片,他给女医生打了个电话,说他找到狒狒了。

女医生到末了也不知道,这个笨重的首饰到底是不是婚戒,但她总归是接受了男人的邀请,来到了这幢位于韦拉尼的房子里。这幢小屋子是用晒干的黏土砖盖成的,还有个门廊。因此即使是酷暑天,里面也十分凉爽。男人如数家珍般讲述自己如何抢救出原本嵌在这里的钢筋,又如何放进木椽,然后他把蓝眼睛的女医生推倒在粗糙的羊毛毯上。

女医生的身体日益衰老,并没有特别的美感,可比起他那皮包着骨头且总是浑身冰凉的妻子,男人自然更乐意拥抱前者。他一点点为她脱下衣服,接着便看到,她腹部有一道纵向的深疤。女医生有两个孩子,两次生育都是剖宫产,接她来的路上,两人到路旁一家飘着饭香的小酒馆里坐了坐,聊了会儿天。吃午饭时,女医生讲到她其中一个女儿,埃迪特,嫁到了德国,另一个女儿(可能叫阿吉?)住在布达佩斯的巴罗什街,刚刚过了三十岁。她相当不幸,是个可怜的孩子,根本没法找到一个正常的男朋友。工程师也拿出了一张照片,上面是他的三个成年孩子。他又得意地告诉她,自己给每个孩子都买了房子。不过这幢小房子是他给自己盖的,他还刚刚买下了附近的一间酒窖。

两人做爱时,羊毛毯始终扎着他们,很不舒服。女医生的手指摸上男人的后背,她思索着,一个出色的设计师在工作时应该考虑所有的情况,特别是在设计外形的时候。前戏时,这枚四四方方的结婚纪念戒弄疼了她,但她觉得,如果让男人把它摘下来,自己就会显得很失礼。

晚上,他们坐在小房子的门廊下,女医生发现男人把手机关了,怪不得这一整天他的手机都没有响过,这多少让她心安了些。他们呷了一口红酒,出神地望着正在缓缓消逝的黑夜。男人突然出乎意料地看向远处,惊讶地指出,天哪,水涨起来了。越来越汹涌的波浪朝门廊涌来,他搞不明白发生了什么，这附近可没有湖泊。女人回答道，是啊，这广阔无边的水多美啊，水面上还映出了月亮。男人看得很清楚，这片翻滚的波浪里一丁点月亮的倒影也映不出来，她口中的景象未免过于浪漫了，但他不想跟她争论。一方面是因为他开车后头痛得厉害，另一方面，他感觉到自己已爱上了这个素昧平生的蓝眼睛女医生。

第六章
手掌的故事

妈妈盛出了青椒卷肉,第二次喊女儿出来吃饭。但不管她怎么喊,女儿也没有动静,于是,她敲响了房门。

女儿走出来,一声不吭地在桌边坐下,吃了两口就放下了勺子。"你不爱吃吗?"女人问道。"好吧,你非要让我说的话,难吃死了。"女孩扔下这句话就回了房间,连椅子都没推回原位。起先,女人想把剩饭倒进马桶,随后又改了主意,把它们倒回了锅里。又过了一刻钟,她敲了敲女儿的房门。她们本来已经说好了,今天下午四点,女儿应该已经到她爸爸家了,但到现在她还没开始收拾行李。

敲门又没有人应,她小心地打开门。只见书桌上铺满了摊开的报纸,上面摆着一管管打开的玻璃颜料。小女孩跪在椅子上,穿着条纹短袜,正在清除窗户上的油污。

"你打算在这个时候画画?"母亲问。

女儿从椅子上跳下来,冷冷地看着她。

"这是我的窗户,对吧?你要拆下来?"

母亲一言不发地开始收拾女儿的背包,然后把开着盖的颜料一一盖上。她把报纸揉成一团,拿到厨房里。收拾完背包后,她冷淡地对还躺在床上生闷气的女儿说:

"你还有五分钟时间穿衣服,再把房间里的这股味道散出去。"

小女孩这几周一直是这副样子。她只是再也忍受不了女人的男友,不想让两人见面约会罢了。连着两个星期六,女孩都待在家里,这样妈妈就不能跟他见面了。她还牺牲了和全班去圣安德烈古镇郊游的机会,特意留下来搅黄他俩的约会。上次她还威胁他们说,如果再让她见到这个恶心的长毛公狒狒出现在她妈妈旁边,她就自杀。那是女人第一次扇女儿耳光。她自己也有点害怕,女人抬手挥向女儿的脸时,在身上感觉到了自己妈妈的存在,仿佛是妈妈用怒火操控着她的肌肉这样行动一般。女儿捂着脸上泛红的掌印,愣愣地站在原地,就像她突然忘记了自己身在何处,也忘记了面前这个怒气冲冲、叫人讨厌的女人是谁。

那已经是两周前发生的事了。今天,女人又和恶心的长毛公狒狒约好了见面,但小女孩明显一点也不想走。最后她还是出了家门,招呼也不打,一路小跑下了楼梯,用力摔上单元门,震得整幢楼都在颤抖。女人的视线越过窗户,追随着孩子，想看看女儿有没有走到电车车站。她估摸着时间差不多了，就往前夫家打了个电话，可女儿不想接电话。

气温降了下来。阴暗而低矮的密云压在城市上空。邻居们纷纷喊回了在楼下骑自行车的孩子，遛狗的人也都一一回到家里，晚上七点左右，浓郁的静谧降临四周。

男人迟到了，但作为补偿，他提出要在女人家里过夜，他很少主动这样做。实际上——说实在的，别太较真——他从来没这么做过。他正在和妻子闹离婚，但他们心照不宣地达成了默契，两人都回家过夜，仿佛无事发生。女人觉得这实属无济于事的虚伪做派，为此他们没少吵架。吵到最后，总是那一句，"你永远都对，行了吧"。说不定男人要被这句话折磨至死，听起来就像他的妻子灵魂出窍，附到情人身上跟他吵架一样。他已经受够了每个人都对他有所期待。比如说，他希望女人不要老盼望着他能搬过来一起住。他实在是受不了她的女儿，他觉得，这臭丫头就像个咄咄逼人的四眼小蛤蟆。（这确实不假。）

其实男人唯一的愿望，就是尽可能长久地待在女人身边，并且不受任何责任的约束。用一种更简洁优雅的方式来说，他爱她。但还要声明一点，他是以自己的方式在爱她，不过这也说明不了什么，毕竟每个人都只能以自己的方式与他人相交，他人也只能以自己的方式期待和接受。不论如何，男人表达爱意的方式时而让她神魂颠倒，时而让她莫名其妙。比如此刻，男人站在敞开的衣柜前，把脸埋进女人的衣服里，一件接着一件地吸入她的味道，一边反复说着，这是他这辈子所有过的最伟大的爱情。他就爱说这种夸张的话。女人正端着重新热好的青椒炒肉，听见这话，她只是敷衍地回了一句，她现在可不怎么需要这种东西，然后便把菜放到了外面的餐桌上。

入夜后，两个人谁也睡不着。他们都觉得这是个天赐的好时机，但好像他们体内的克制与敬畏之心占了上风，压过了人本身的欲望：他们不能做爱。两人羞愧地裹起被子，在黑暗中谈起了过去。女人说，她小时候养过一条狗，现在也想养一条，但女儿对狗毛过敏，就没养成。男人说，他从没养过狗，但他谈过一个女朋友，她养了一条大型阿拉斯加。他又说起了他的酒鬼父亲。他们沉默了一会儿，最后男人起身打开床头灯，拉开了女人的被子。她眸光忽闪，他看着她的肌肤，看着上面的浅色绒毛，看着她的头发，还有她那突然用手捂住而变得鼓胀的乳房。他轻轻拿开一只手，手指来回抚摸她的掌纹，说他会一辈子记住此时此刻的她。这倒是用不着，女人说，她可以退而求其次，只要他陪在她身边就好。窗外的雨敲着车库波浪形的顶棚，能听到路边的汽车嗡嗡作响。一声惊雷，玻璃窗颤抖起来。然后又是一声，雨点愈发狂野地打在地上。"有点冷。"女人说，她的确起了一身鸡皮疙瘩。"有哪里在漏风。"

男人起身下床，之后从孩子的房间里传来关窗的声音。

"窗户还开着。"他说。最后男人还是压在了她身上，这次做爱时，他一反常态，没有关灯，任凭那盏小灯照着他们，这样就能看清她的脸了。

小女孩周日晚上才从爸爸家回来。她开心极了，因为她在芒果服装店买了一件白色夹克，还有一条彩色围巾。她没问妈妈周六发生了什么，只是走到她身边，把头埋进她的肩膀。然后她回到自己的房间，继续画她周六没完成的曼陀罗画。

突然，她跑进厨房，瞪着母亲，咬牙切齿地说："恶心。你们俩太恶心了。禽兽！"

女人完全搞不明白她在说什么。她跟着孩子走进房间，女孩曲起腿坐在床上，指着窗户。可那里什么也没有。也可能是她没看见。女人凑近看了看，在窗户中间，就是女孩要画画的地方，印着一个硕大的男性掌纹。

第七章
肩的故事

海滩上，有人扮成米老鼠站在穿泳衣的小女孩身边，给了她一个拥抱。不，这可不是刚才那个故事里的小女孩，这是另一个时空发生的另一个故事。

如果说两个故事中的小女孩有什么共同点，那就是她们都没法展露微笑，这个小女孩满脸抗拒地看着镜头。米老鼠抱起了她，小女孩立刻撕心裂肺地哭喊起来。他们身后是湛蓝的海，面前是一对不知所措的父母。最后，照片还是没有拍成，这一家人走向了冰激凌店。米老鼠掀开头套，擦了擦汗涔涔的额头，又把人偶服脱到半腰处。这个男人三四十岁模样，他的后背已经全湿透了。

加芙里埃拉和克斯米娜躺在沙滩椅上，看着这个男人仰起脖子喝着水。到土耳其海滩来是加芙里埃拉的主意，克斯米娜还是第一次来。游客们都以为她们是当地的土耳其女人，但要是离得再近些就能听到，她们说的是法语。两个女人都长着浓密的鬈发，也都不再年轻，她们不约而同地选择了黑色的连体泳衣。她俩一个是罗马尼亚和匈牙利混血儿，另一个是希腊犹太人，或者说是一个普通的法国妇女，有个已经退休的公务员丈夫。她们不会罗马尼亚语，不会匈牙利语，也不会希伯来语，更不会希腊语——她们除了法语什么也不会，就像法国人一样。

看到刚才那一幕，两人都想起了自己的儿子。加芙里埃拉让克斯米娜帮自己在肩膀上再涂些防晒霜。她之前涂过，但现在阳光晒过来的角度又变了，紫外线也比刚才更强了。克斯米娜站起来，她的大腿宽阔雪白，小腿粗壮，青蓝的血管根根分明。她挤掉掺进瓶口的沙子，给加芙里埃拉的两边肩膀都抹上了防晒霜，然后又坐了回去。两个人谁也没有开口打破沉默。

过了好久，加芙里埃拉才说了声谢谢，随后便继续望着海面。大海掀起阵阵波涛，游人们尖叫着跳跃着跨过碎浪。儿子的模样总在她的脑海里挥之不去，她突然说了句话。

"我想跟你说件事。"

女友没作声，于是她继续说下去：

"你知道吧，当时让-菲利普想寻死。"

"我知道。"

"不是因为女人。"

"嗯。"

加芙里埃拉又沉默了，但她可能只是在为下一句话积攒力量。

"是为了一个男人。"

现在轮到克斯米娜沉默了。很久之后她才开口，说起了达维德，也就是她的儿子，我必须得在这儿额外说明一下，否则再听下去，各位就会一头雾水。

"我看我也抱不上孙子孙女了。"

接下来又是一阵漫长的沉默，与其慢慢等她们说完，不如我们在这简单概括一下。周围一片嘈杂，两人说着说着就得停下来，等能听清对方的话再继续讲，这样说话很费劲，但没办法。克斯米娜讲起了达维德，她的儿子，在这个故事中已经有三十九岁了，他不知为何想搬到罗马尼亚去。可在那边，他连一个尚在人世的血亲也没有。不过在这之前，他还要先在匈牙利外科科室待上一年，第二年才能进诊所。他要在布加勒斯特附近建一个整形诊所，已经拿到了贷款。

加芙里埃拉早就听说达维德在布达佩斯了，她实在是想不明白。好好的小伙子，一句匈牙利语也不会，他在那边能干出什么名堂？哪里没有诊所，何苦要挤破头跑到那个鬼地方去。那地方又荒凉又偏远，卫生条件就更别提了。不过要是真说实话，她对这事也不怎么感兴趣，她的心总归还是放在自己的儿子让-菲利普身上。但她不想伤害克斯米娜的感情，就接过话题继续问道：

"为什么不能去呢？他也可以在那儿娶个老婆。"

她是说，他至少还有成家的可能，不像她的儿子那样。达维德就算跑到天涯海角也可以娶妻生子。至少理论上是这样的。

克斯米娜一时不知道该说些什么，只好让加芙里埃拉给自己的肩膀涂上防晒霜，因为太阳晒得她很疼。加芙里埃拉帮她涂时，克斯米娜缓缓开口：

"你也不用太担心了：事已至此，顺其自然吧。重要的是能站稳脚跟。反正达维德目前还做不到。对吧……"

克斯米娜把剩下的防晒霜涂到自己的肩膀上，还匀了点到手臂上。

"对吧……说起来可能有点没头没脑，但我觉得这一切的背后都是犹太人的根性。多少年来都是这样。"

加芙里埃拉一听这话就烦得要死。

"可你又不是犹太人。"

"每个人都是犹太人。"几分钟后，克斯米娜在墨镜后面结束了这场对话。

加芙里埃拉又听不明白了，两人沐浴在日光下。米老鼠男人找到了另一个小孩，这次他们成功拍出了印着"海滩留念"四个字的照片。

傍晚六点,两个女人从沙滩椅上站起来,抖掉浴巾里的沙子。穿上拖鞋,互相检查后背。两人的肩膀都晒出了红痕。

第八章
耳的故事

女孩的受洗名是阿吉,给她取名字时,她的父母还彼此相爱。阿吉对她生活的第三十个年头没抱多少希望。她刚搬到巴罗什街上的公寓里。没过多久就是十一月,她要过生日了,不过今年的生日她还是一个人过的,就连她爸爸都没给她打电话。后来她才知道,那天,爸爸怀着悲痛的心情在悼念普什卡什老弟的去世,还在窗边点了根蜡烛。几周后,提起这个无人记住的生日时,爸爸对她刮目相看,仿佛女儿有生以来第一次做了件值得称道的事:在这位杰出的足球运动员的忌日当天迈入三十岁。老头是个狂热的足球粉丝,他永远都不会原谅命运女神和他的妻子,她们合力为他带来的竟是两个女儿。

搬进新家后,她往房间里添置了各种各样的物件,可她毕竟没有魔法,这间公寓始终没法变得更像家。每天晚上,她都能听到隔壁邻居家的吵架声。四年前，吵醒她的是婴儿的哭闹声，近来变成了年轻女人的怒吼，挨骂的正是女邻居那个刚上幼儿园的小女儿。一开始，可以听到妈妈惯常的责骂，然后一声关门的巨响，接着便是歇斯底里的拍门声，最后只剩小女孩怎么也止不住的抽泣声。每晚争吵声响起的时候，她都在打视频电话。她几乎要忍不住去敲邻居家的门了。"隔壁一直在打孩子。"她绝望地对屏幕那边的朋友说。朋友说，从扬声器里都能听到孩子在哭，建议她赶快报警，但不知为何，她总是犹犹豫豫，下不了决心。第二天，她还在电梯间与隔壁女人打了个照面，她看起来居然安稳又平和。小女孩站在一旁，手里紧紧抓着一个毛绒玩具大象，她抬起眼睛，很戒备地看着身旁这个陌生的阿姨。

那天晚上，她刚坐到电脑前，咆哮声又开始了。"都是因为你，我才结不了婚，"妈妈对女儿大喊道，"都是因为你！你这个拖油瓶，非要把我拖死才算完吗？你有没有良心，啊？你有没有良心？"

这时，印度男人刚好上线了。他们聊了三个月了，他住在卢顿，和科特·柯本[1]同岁。阿吉突然想给他一个机会，毕竟在目前接触过的这些男人里，他是最正常的一个。毕竟三十一岁差不多就是四十岁，那么卢顿差不多就是

---

[1] 科特·柯本（Kurt Cobain, 1967—1994），美国音乐家、词曲家。

伦敦。

次日晚上,她发消息说愿意同他见面。这个锡克教徒马上回了消息,说他下周可以向公司请一周假。

这个进展有点太快了,但女孩还是尽力维持着热情和礼貌。这可不容易。她浏览着这位大哥奇异的家庭照片,试着去想象另一种生活,一种身边的邻居不会大吼大叫,家中的暖气片也并不冰冷的生活。照片里,几个戴着头巾的男人和深色皮肤的女人严肃阴沉地看着镜头。他的弟弟叫杜尔班,住在波士顿,单凭他的社交主页,完全看不出来他是做什么的。当天晚上,她躺在沙发上,满脑子都是幻想,他们以后生下的印度孩子得有多漂亮啊,与此同时,从隔壁传来小女孩抽抽搭搭的哭声。

第二天早上,她又在楼梯上碰到了隔壁的妈妈。她很瘦,留着一头长发,肩上背着笔记本电脑包。她看上去平静温和,很难想象出隔壁的尖叫是她发出来的。她今天身边没有跟着孩子,肯定是早上就把她送到幼儿园去了。走到垃圾桶附近时,阿吉让她先出了门,看着她走到外面。女人扎着金色马尾,身形窈窕。

当晚,邻居家的节目又准时开始了。"你有没有良心,啊?你还有没有良心?"歇斯底里的尖叫声和浴缸放水的哗哗声混在一起。这时,锡克教徒上线了,他说机票已经订好了。阿吉开始计划,要带他去布达佩斯哪些地方玩。她想,可以去坐游船，去城堡山。反正她绝不会带他回这个地方。她的房间朝向不佳，窗户下面就是天井，光线阴暗，但比起这个，更让她难堪的是隔壁夜夜不休的闹剧。她想，还可以带他去圣安德烈，这个古镇很受外国游客的青睐。他们也可以去埃斯泰尔戈姆，看看山上的教堂。还可以去泡盖勒特温泉，尽管她不敢保证自己这么快就愿意穿着泳衣跟他约会，但这也不是没有可能。如果锡克教徒多给她留两周时间节食减肥，就不会有任何问题了。

可是她的计划白做了，从星期五开始，这里就下起了暴雨。雨从早下到晚，天空阴沉沉的，叫人开心不起来。她下了大巴走进机场时，雨伞也被掀翻了，阿吉就这么湿着一身衣裳，等着晚点两小时的飞机降落。

吉伦·辛格个子很高，性格保守。起初，阿吉觉得他格外冷淡疏离，不过几天之后，她逐渐适应了他缓慢的节奏和距离感。这种天气，户外观光就别想了，他们只能待在室内。她本想带他去看英语电影，但一想到他们要包着红头巾坐在电影院里，还是打消了这个冒险的念头。最后，他们走进了一家咖啡厅。就在这家店的大理石桌子上，吉伦·辛格送了她一对精美的耳环，同时说了一句提前背好的、勉强才能听懂的匈牙利语。女孩微笑着说，这副耳环很美，可惜她没有耳洞，听到这话，他一脸震惊，两眼发蒙地看着她，仿佛在他的世界里，女人生来就有耳洞一样。阿吉委婉地谢绝了这个礼物，说真是太可惜了，可接着她又心血来潮，跟男人说没关系，她可以明天就去打耳洞。

其实她早就想打了，只是一看到"耳洞穿刺"四个字就发怵，而且她总觉得只戴耳夹也不错。不过现在她打定主意，一定要让这个高个子男人满意不可，于是他们走进了特雷兹大道的商场大门，穿着白色褂子的美容师疑惑地打量着两位来客。随后，他们穿过狭窄的过道，经过了一间日光浴室，又绕过一个晾衣架，上面晾着几条污渍斑斑的白毛巾。美容师让男人在过道里等候，随后便撩开门帘，强推着心中已经开始打退堂鼓的女孩走了进去。

打第二个耳洞时，她们听到一声巨响。是锡克人撞倒了晾毛巾架，阿吉和美容师来到走廊上，只看见一个戴着橡胶手套的理发师蹲在地上，正在给包着红头巾的锡克人做心肺复苏。"我正在染头发，他就晕倒了。"理发师解释道，然后她们三个看着这个脸色苍白的男人站起来，走出门去。

可惜，女孩现在还是不能戴那对耳环，穿刺时打进去的金色耳钉还要一个星期才能摘。耳洞第二天就感染化脓了，女孩一整天都用棉球擦着耳洞，脸上挂着令人安心的笑容。锡克教徒也露出同样的笑容，并尝试着不去回想那只在美容院看到的橙黄色的碗。事情是这样的，当时女孩已经在里面待了二十分钟了，他想过去看看进展如何。他拉开门帘，先看见了一只小碗，里面装着撕下来的脱毛蜡，上面粘了一大团黑色毛发。看起来就像一块剥掉的猪皮，还长满了虱子。锡克人拉上帘子，昏倒在地，那时候阿吉正在打第二个耳洞。

耳洞打完的第四天，耳垂还在流脓，大概一个星期才能恢复。可惜锡克人看不到了，因为第五天早上他就不辞而别，只在手机里留了一条语音消息，说自己要回去处理工作。女孩下班后才看到这条消息。那天晚上，女孩又坐到电脑前，等着他的消息，但他没有上线。八点左右，墙的另一边又传来惯常的尖叫："你有没有良心，有没有良心，啊？你到底有没有良心？"

第九章
指的故事

酒红头发的矮个女人在停车场计费器前手忙脚乱地拣选硬币。要不是现在有事要办,她都不怎么开车进城。她半点都搞不懂怎么用手机支付,她的手机甚至都不见了,一个钟头之前,她好像把它落在了复印机旁边。

前天晚上,她费了好大劲从钱包里翻出一张印着银字的深蓝名片,研究了一下那个珠宝女店员的地址:她记得,那家店离教堂不远,就在那条街上,店面也不大,她有学生就在那儿设计珠宝。女人把停车场的发票搁在仪表盘上,动身去找那家珠宝店。

她本来要上人行道,却被一对情侣挡住了路。那对情侣正在吵架,相互怒视,圆瞪着眼睛,但这一切都绝对安静,因为两人都是聋哑人。女青年火冒三丈,手指在面前夸张地比划几下,而后突然意味深长地指向自己胸口,男青年也打着手势。如果这是场有声的交流,他们就是在不断插对方的话,看上去,他们正在用手大喊大叫。女教师目不转睛地看着这场默剧。争吵中的两人没有理会她,他们已习惯游离在有声世界之外,全然忘记了周围嘈杂的街道。男青年突然靠近女青年,不由分说抓起她手腕,把她手指合拢成拳,握了起来,仿佛在说,快闭嘴吧。女青年吃了一惊,马上抽出手来,接着刚才的话继续比划。她不断重复着两个手势:一个是右手握拳,大拇指和小指竖起,好似恶魔的头颅,就这么在空中绕圈。另一个动作在吵架中显得更加奇特,她用食指在空中圈圈点点,颇像在教育学生。女教师想,这也是一种语言,秘密而特殊的语言,用它吵架就像是在跳某种激烈的交谊舞。

女教师绕开他俩,走上人行道。她只看到附近有一家药店,却没找到珠宝店。那是因为她找的是橱窗,那家店没有橱窗,还在一条陡峭的楼梯底下,她连着路过了两次都没注意到。

最后她还是找到了珠宝店的门头,顺着楼梯钻进地下。

女孩看着来人小心翼翼下着楼梯,直到那人露出头发,她才认出她来。那个女教师!女孩在语言学校上了两学期的课,第三学期结束后,她本来要参加考试的,可她突然不去上课了。

女教师走下来,和女孩打招呼说,嗨。在语言学校她们素来以平辈相称,但眼下显得有些奇怪,女教师自己也有点不知所措,这样的问候还是过于亲密了。于是她三两句表明来意,自己的表妹要生产了,她想买一个品质上乘且独一无二的首饰,好给她一个惊喜,小孩的衣服已经有了,她对那些也一窍不通。她边说边在小店里游逛,观览着玻璃墙柜里的展品。

女孩同样不知所措,她拿出各样的首饰排在台面的天鹅绒上。她问老师为何只要戒指,她觉得项链或手镯也不错,毕竟这类饰品不需要太精确的尺寸。女教师抓起一把项链,它们都很美,其中有条坠着一个硕大的圆球,这种项链在托莱多的教堂里到处都是,她记得很清楚,因为她买不起,人们叫它们天使球。

女孩从抽屉里拿出一个钥匙串一样的手环来测量手指尺寸。女教师说,她和表妹手指尺寸一样,量她的就好。女孩晃着手环,告诉她戒指上手多紧才合适,大部分人都对此不太了解。女孩无名指的指围是46,女教师则是53。她拆开了首饰包装,两人都没说话。

几秒钟的沉默,女教师低着头,没看女孩,她问她为什么不再去上课了。"因为没有意义了。"女孩答道,她也没有抬眼。

"语言不是为了别人才学的。"女教师说,但还没说完她就觉得这是谎话,怎么可能不是呢。就是为了别人。我们为了妈妈才学会说话，这样她才不会无视我们，也不会听不懂我们的意思；后来我们学习外语，这样我们才能跟身边的世界保持距离。我们学的语言越多，就越是疏离于整个世界。

女孩说，她就是为了某个人才去学外语的，但现在已经没必要了。之前她遇见一个法国男孩，以为能和他发生点什么，但是后来……事情不遂人愿。

关于这个话题，女教师有太多故事可讲，多到此刻她宁愿闭上嘴专心挑选戒指，因为她实在不知道该讲哪一个。突然，她指向玻璃下某个戒指。那戒指又大又别致，表面磨砂，外侧有棱有角，内圈是圆形，看起来极具攻击性。

女孩弯腰取出戒指，解释道，它原本是设计出来当婚戒的，一位女士为三十五周年结婚纪念日打造了它，她很喜欢这个式样，当时多做了几个。女教师说，这可不像个婚戒，女孩说，那可不，只有戴着它的人知道，别人肯定不会往那方面想。这戒指价格算得上高昂，但说不定老师会说要准备圣诞礼物，然后买下它。这种时候人们一般都这么说，女孩转念一想，却觉得也不尽然：说不定老师是犹太人，这些蛮族人向来不过圣诞节，再说她也不知道，在别人看来多少钱才算贵。

女教师回答道，在这个世界上，她孤身一人。她早就离婚了，也没有孩子，但是没关系，她要是看上了什么，就会从容地买给自己：她从不因此发愁。比如现在这枚戒指，她买下了它，还给表妹买了条项链。

女孩看着她，眼中竟然落下泪来。"不好意思，"她一边说，一边把首饰放回首饰盒，扯来两张包装纸胡乱擦着泪。"我这辈子都在做这些该死的婚戒，"她说着，在柜台上盖了章，"我曾经以为，其中也会有我的一枚。可是不会了。"

"而我这辈子都在教语言，"女教师脱口而出，"我觉得，我明白了一点，那就是最好的学生都会离开我的课堂。"

之后几天，女孩和那对在人行道上争吵的情侣始终在她的脑海中穿梭。女教师从店里出来时，情侣们已经不在那里了，但他们的长相她记得清清楚楚。周五下课后，她突然想起，有个教英文的女同事之前在特殊学校教过书。她立刻走向她，开口就问她会不会手语。女同事纳闷极了，这人为什么会挑这个时间找上门，这可是周五下午，哪里有空说这些无聊的傻事。她不情不愿地从工作堆里抬起头来。酒红头发的女教师在她面前站定，放下钥匙，一脸严肃地重复了两个手势。"这还不简单，"女同事说道，重新埋首于工作中。"一个的意思是，永远，就是一直如此。另一个的意思是，孤儿。你懂了吗？孤儿。"

第十章
阴道的故事

达维德的女朋友把罂粟籽面包卷放进烤盘里。抹上油,点好数,推进烤箱,关上箱门,鸡蛋清让她想起了精液。

她想,今天可不能放他走:她想要孩子了。这几天正适合备孕,会怀上的。她噙着微笑转动定时旋钮,走出厨房,回到自己家。

刚才她用的是邻居小姐家的厨房。她既没有烤箱,也不爱下厨,更不用说烘焙了,灶台唯一的用处就是加热食物。而现在,她却在网上搜索罂粟籽面包卷的做法,打算给男朋友一个惊喜。

这个法国男孩极其热爱掺了罂粟籽的东西。两人刚认识那会儿,他就跟女孩提起过,小时候,他吃过妈妈的女友给他做的罂粟籽牛角包。

那是个希腊女人,达维德总爱提起她。她每次和儿子采购都会带上他。在当时的巴黎，玛莱商店是唯一可以合法买到罂粟籽的地方。

女孩回到家，琢磨着用哪种体位最容易怀上孩子。大概是传教士式吧。她坐到床边，正对着穿衣镜里的自己。突然间，她想到了什么，抓着毛毯四角兜起靠枕，把它们一起丢进洗衣机：一切都得香喷喷的。现在正值酷暑，床品洗完晾在阳台上，晚上就能干。

她洗完头，打开笔记本电脑，水从发尾滴到键盘上。她生怕错过达维德的消息：他已经放了她好几次鸽子了。幸好没有新提醒，她合上电脑。吹完头发，女孩想起了烤箱里的面包卷，还是得过去看着点。可她怎么也找不到邻居家的钥匙。她在卧室里进进出出，跑进厨房，慌张得要命。从厨房出来她又冲进了卫生间，蹲在洗衣机前，滚筒里的金属碰撞声无比清晰，原来她把钥匙裹在毛毯里一起丢进了洗衣机。她慌手慌脚，试着把洗衣机停下来，可她打不开安全锁。滚筒里装满了水，泡沫簇拥着红色毛毯，一眼就能看见一把孤零零的钥匙正在里边翻滚。这时，隔壁飘来了面包卷的香气，女孩瘫坐在地上，痛哭起来。

达维德刚刚睡醒。他本该在晚上赴约，但对此他丝毫没有兴致。他想提分手，却又怕女孩大吵大闹或者大哭。她现在就在哭，这些眼泪也说得上是为他而掉的，而达维德对此一无所知。虽然作者很想做点什么来挽救一下局面，尤其是眼看着卫生间那一幕发生后,但这些事儿是没法改变的。命运铺开了纷异的道路,而现实指着最坏的那条说,好,就是它了。达维德不知道从哪里悟到了这条真理,并一次又一次地钻着空子。然而命运远比他更加狡猾:他可以用一些小花招让作者分心,微微从他身上移开目光,但他永远摆布不了命运。他没法照自己的喜好挑选生活在哪一层可能的现实里,顶多在故事的缝隙里暂避风头。这种事上,他一贯选择缩头逃避,径直消失。但晚上七点十分,达维德还是按响了女孩家的门铃,心想,这简直是在做好人好事。

从上午 11 点起,我们就没再见过这姑娘,她现在可是大变样了。她刚洗了头,化了妆,一身称体的白连衣裙,达维德盯着她的胸脯。对了,要不是半路出了那段找钥匙的小插曲,我本想把这点写下来:她的胸脯白皙丰满,粉色的乳头有茶杯托盘那么大。这硕大的乳房好像穿透了衣服,巨石一般堵在达维德的分手之路上。

面包卷不但没糊,还奇迹般烤得恰到好处。女孩把它们切片,达维德倒了酒。两人吃了起来。趁此机会容我插上一嘴,邻居小姐(面包卷就是在她家厨房做的)刚好回来了,她本想猫在楼道里看一眼刚来的男人,却没能如愿,只听到了摁门铃的声音。

达维德讲起自己的童年,还讲起去克卢日寻找曾祖父坟墓的愿望。坟墓应该还在,老人名叫科兹马,科兹马·阿隆。女孩——别为此责备她——听到这个名字只想起了烤箱[1]，而听到克卢日，她第一反应是达维德可以带她一起去。可想而知这个故事会如何收场。克卢日的爷爷长眠在坍塌的坟墓里。他挨过了战火纷飞的人间地狱，却没挺过齐奥塞斯库的天堂。多年以前，达维德刚出生的消息也传到了他那里，他只是觉得，达维德这名字起得相当糟糕。在寄去的最后一封信里，他本想提提这事，可惜最后还是没写成。我是不是已经讲过一遍了？

达维德扫视着厨房。不，他看的倒也不全是厨房：每过一会儿，他就得努力把目光从女孩的领口移开。他突然发现厨房里没有烤箱。他转头问那对乳头，烤箱在哪里。女孩回答说没有烤箱，刚说完，就连耳朵尖都红成一片，她接着述说邻居小姐如何热心地提供帮助，达维德突然大为感动。他确信，罂粟面包卷是女孩专门托人买来或请人烘焙的。这确实打动了他：他决定和她上床。

两人做了很久，我们不如略过细节，只说几个关键点。达维德先将她压倒在厨房桌子上，这是他们标志性的开场，就像国际象棋大赛的开幕仪式。接着，他把手伸进女孩的衣服，好确认刚才透过布料看到的究竟是不是乳头。我们必须承认，那并不是乳头，而是达维德被幻想冲昏了头：她穿

---

[1] 老人的名字科兹马（Kozma）和烤焦（kozmál）一词相似。

了件带胸垫的内衣，要解开它可不容易，她下身穿着丁字裤，脱这个就容易多了，不过，倒是没必要把它扔到放面包卷的盘子上。还是丢在椅子上吧！两人在床上继续着，达维德伸手探入女孩腿间。女孩的阴道湿而滚烫，几乎要把手吸进去。他缓慢地动作着。女孩觉得自己快要高潮了，就在此刻，她的意识莫名从腿间脱离，她想着，语言真是有趣。此刻她的感受，用匈牙利语说是"去了"，用法语说却是"到了"。她还没有意识到这个奇想的意义多么重大，它正是当下情境的精准转写：她才刚刚到达这段关系，达维德就要坚决地扭头离开。

在射精前几秒，达维德抽身而出，翻过身去，握住阴茎。这点相当重要：他每次都这样，没有一次例外。高潮时，达维德总习惯躲在深深的孤独里。现在他依然背对着她，一副拒人千里的模样，精液喷得满手都是。女孩同样感到巨大的孤独。她浑身是汗，躺在一具陌生而封闭的躯壳旁，空无一物的阴道还在发烫。

时间一分一秒地过去，达维德终于回到了现实，他的意识跌跌撞撞走出内在的心灵长廊，进入了黑暗的卧室。他想起了罂粟籽面包卷，便翻过身来，在黑暗中摸索着女孩。他抚摸着她的乳房，一边暗想，以后再也不来了，一边又往她身旁挨近了一些。他并不想在这儿留宿，只打算多待一会儿。他轻轻抱住女孩，给她讲了个长长的故事。他给她讲，希腊内战爆发后，希腊人如何几经辗转来到匈牙利。这故事当年加芙里埃拉给他讲了无数次，她有个不熟的表亲住在匈牙利，达维德听到的故事讲的就是他，或者说，讲的是语言的失落。女孩仰面躺着，睁着双眼，达维德那醇厚而令人心安的声音在黑暗中响起，他为她讲起了舌头[1]的故事。

---

[1] 匈牙利语中"语言"和"舌头"是同一个词。

第十一章
脚踝的故事

米希自小就饱受扁平足的折磨。他做过千奇百怪的矫正运动,比如练习用脚捡起地上的碎纸片,这种蠢法子是数也数不清。他妈妈把这事牢牢放在了心上。米希八岁时,她给他定做了一双鞋垫。那是一九八三年一月的一天,他至今还记得很清楚。他们要去第六区的博卡尼·戴热大街。他当时坚信,博卡尼·戴热叫这个名字就是因为他天生扁平足[1],只不过后来靠塞鞋垫儿给治好了。那些街道后来都在大改名运动[2]中换了名字,米希记得住它们的原名,他还喜欢报给母亲的老姐妹听,给她们解闷。这不算难,米希的爸爸以前是电车司机,米希对整个城市都很熟悉。

---

1 博卡尼(Bokányi)和脚踝(boka)一词相似。
2 1945年到2011年间,布达佩斯共经历了七次大规模城市街道重命名运动。

定做鞋垫的时候，博卡尼·戴热大街还没改名，他父亲还在那附近开电车。米希父母离婚好几年了，父亲有了新家，又有了两个孩子，但在家里，这件事儿母亲提都不许他提起。据说他父亲和现任是在75路电车上看对了眼，想想也知道，这件事儿在家也不准提。那个不寻常的冬日午后，人们杵在泥泞的车站等车，个个冻得发抖。小米希眯起一只眼睛偷瞄驾驶室，想看看开车的人是不是自己的父亲。车来了，开车的是个不认识的司机，他只能暗暗希望回程能碰上父亲。

鞋垫做好了，回程的司机是个小胡子，米希依旧不认识。他太想遇上父亲了，他要给他讲，为了定做个鞋垫，他得光脚踩在湿石膏上，等到石膏变硬，脚的形状就永远留在了上头，就跟岩浆里的庞贝人一样。上次跟父亲见面时，米希说很想看他开车。他已经告诉了全班同学，自己的父亲是一位真正的电车司机。

他们上次去父亲家，聊得最多的就是扁平足。父亲的再婚妻子仔细看过了鞋垫，说垫久了足底肌肉会萎缩，还说小米希目前最要紧的是减肥，这比什么鞋垫都管用得多。她拿自己生的两个小孩举例，说他们现在不是扁平足，将来也不会有这个毛病，完全是因为他们爱运动，也不胖。贯彻着这条理念，她从不戴胸罩，生怕胸部肌肉得不到锻炼，但它们明显锻炼得相当发达。每到米希刚来或者要走的时候，她总要给他一个紧到窒息又汗涔涔的拥抱。这天晚上，米希父亲发话了，说快……快……快……快放开……开这孩……孩子，米希一眼就能看出父亲神经绷得紧紧的：他一紧张就口吃。

那一刻他下了决心，以后的探视周末再也不到这儿来了，他希望父亲周末也去上班，他们可以在电车上见面，父亲还能赚上一笔加班费，就算他妻子对此略有不满，也不好说些什么。

米希坐进驾驶室，心中升腾起一股优越感。有时电车到站后停靠时间略长，他就走出驾驶室，到车厢里逛一圈再回去，好让大家看看，他同司机的关系是多么亲密。看到有别的小孩上车时，米希最为得意。他会一次次打开驾驶室的门向外张望。有一回，电车的电流采集器掉出来了，父亲得把它安回去，在他工作时，有些好奇心重的乘客从头到尾都盯着他俩瞧。

车子开动时，米希总暗自焦虑，因为父亲一紧张，就没法自如地报站。如果开工前家里一派祥和，父亲就不会结巴到影响工作，可要是吵了架，他就会把这件事完全搞砸。开头几站他事先有准备，还是能一遍顺下去，但报到科迈吉路时，他却总是卡壳。他常常把辅音多的地名说错，以 k、m 或 p 开头的站名错得尤其多。

父亲满脸通红，烦躁不堪，他在终点站接上米希，一边工作一边行使着他的探视权，那时还是泥泞的冬季。电车正要开往那条"扁平足"路,米希本想告诉父亲,他去复查,医生还问他垫上鞋垫后脚疼不疼,父亲却不耐烦地呵斥他,说现在卜卜卜别……别讲……讲话。米希往父亲身边挪了挪,发现他的下颌在颤抖。果然,他报第一站时就出了错,第二站尝试了好几次才勉强报出。到了第三站,电车多停了一会儿,有人在狂奔,父亲一直在后视镜里盯着他们,那是两个小伙子,看起来大不了米希几岁,他们冲上车,坐上第一排的双人座,不住地大口喘气。

他们想必跑了很长一段路。天寒地冻,他俩却只穿着汗衫,手冻得僵而红。下一站的开头字母是 p。米希为父亲捏了把汗,但父亲非要逼自己一把,不惜一切代价也要报出个名堂来。他好几次使出全身的劲,满面都是痛苦。到了下一站,父亲狼狈依旧,他的结巴更厉害了。坐在第一排的小伙子们笑得浑身发抖,米希起先没懂他们在笑什么。他们中个子稍高的男孩是个吉卜赛人,头发脏兮兮的,他爆发出一阵公鸡打鸣般的大笑,结结巴巴地模仿着父亲报站。直到这会儿,米希才意识到,他们在嘲笑他。

米希凑近父亲,问可不可以让他来报站。起初父亲坚决地摇着头,没过一会儿又点了点头,那意思是:行,你来试试。下一站没什么难度,是"英雄广场",父亲也可以胜任,可米希觉得,父亲点头意味着他可以报完全程。他对整条路线了如指掌。那两个小伙子在倒数第二站下了车。

米希敢肯定，那两个家伙逃票了，这条路线经常有检票员上来查票，可惜这次没遇到。他记下这两人的长相，下次碰见一定要查查他俩票上有没有打孔。谅他们也不敢跟从驾驶室里出来的人耍横。

车开了两圈，米希一个人报完了所有的站，还时不时向后瞟一眼乘客舱。父亲已经平静下来，声音也完全恢复了正常，他问米希，想不想去那家特色蛋糕店吃甜点，那家店六点还开着门，米希可以现在下车去吃，父亲再开一圈，到这一站再接上他。不过米希不想去：外面下着大雪，而驾驶舱里很暖和。

天色暗了下来，街灯亮起。雪下得越来越大，马路上到处都是扫雪车，电车只能慢慢开。过了工业街，电车缓缓驶入波恩格拉茨站，停在那里。父亲下班后总会把米希送回家，只是在那之前，他还要交上一大堆文件，再跟同事们道个别。

几位电车司机相继走来，他们一边拍掉鞋上的雪，一边咒骂这鬼天气。司机们围到米希身边，又是夸他，说他都长这么大了，又是拍肩。有人说，根本看不出来米希有扁平足，他儿子比这严重多了，还有人说，这才是最要命的毛病，他至今还垫着特制的鞋垫，怎么说也是一笔开销。父亲没说话，只是揽过儿子的肩膀，再把铝锅放上炉灶，给大家煮茶。他看得出来，尽管说好了八点走，米希现在却一点儿也不想回家。

第十二章
头发的故事

天上又下起了雪。有两人在这片枯松林里穿行，一个是戴着礼帽的高个男人，另一个是年轻的金发女人。要花上很多年，松树才长得到两米，这时方能取材。这片松林刚刚种下时，女人还是个小姑娘。

这棵太高，那棵叶子又太少。他们找的可不是普通的落叶松，而是欧洲诺曼松，诺曼松的叶子更不容易掉。两人分头寻找。终于，男人找到了一棵合意的，他叫女人来看，这棵就挺好。

"赫尔佳——"男人喊道，"快来！"

"啊，这棵树我那里可能放不下。"女人摇了摇头。

"可我们之前都用这么大的树呀，"男人耸了耸肩，"我觉得只要够高就行。"

孩子们就喜欢这种树，他差点脱口而出，一转念又及时住了嘴。女人没把他的话放在心上，继续四处找着。最后，她相中了一棵低矮粗壮的小树。男人付了钱。

卖松树的人把树干推进一个精巧的锥形装置里，拿一张网把它紧紧裹了起来。男人把它扛上肩，朝车边走去，活像扛着个五花大绑的犯人。卖松树的看着他们的背影，若有所思地搓了搓他那戴着手套却依旧冻僵了的手。

男人收起后排的折叠座位，把松树塞了进去。女人坐进前排，低头瞟了一眼换挡杆旁边的储物盒。盒子里放着一张CD和一把梳子，梳子上缠满了深色的长发。

女人也留着长发，只不过是浅色的。可惜我们现在看不到，因为她把头发都藏在了棒球帽下，只有刘海露在外面。这肯定是因为下雪了：她可不想把头发打湿。

他们把车开到一栋新建的居民楼下，把树抬进楼梯间，按下电梯。他们上到五楼，女人就住在这栋楼的阁楼里。她突然想起去年、还有前年、大前年、每年的这个时候，她都盼望着和他共度的下一个节日。她看着男人，看着他像从前一样搬着松树穿过客厅，摆在阳台上。她知道，接下来男人会给她一个拥抱，会又一次告诉她自己有多么爱她，然后温柔地向她保证，下一个节日很快就会到来。

客厅已装饰完毕，茶几上摆着降临节[1]花环。一个蓝色

1　降临节：传统的天主教节日，每一年复活节后的第50天为基督降临节。

的发光塑料球靠在墙角，上面还缠着银色的丝带。两个小时前，女人还期盼着能和他独处一小会儿，兴许还能做一次爱。为此她在阳台放了瓶干香槟，好让它冰一冰。然而方才，她正在浴室里做头发，吹风机的轰鸣里响起一声手机铃。男人在电话里说，得抓紧了，时间勉强还够买棵松树，买完他们就该往那儿赶了。

女人拿出一个绑着丝带的小礼盒，她希望男人等到圣诞节那天再拆开。就算不在这棵树下面，至少也得等到圣诞夜。男人心里发慌，说他准备的礼物节后才能给她。其实他根本没准备，但他绝对不会承认——那是因为他不敢一个人去逛商场。

第二天上午，他本来打算出门买礼物，但事情不遂人愿。他又在那片枯松林里晃荡着，买了一棵高大的松树。卖松树的人穿着昨天那件棉背心，像昨天一样用网把松树裹起来。他寻思着，这不是昨天那个陪着金发小姐来过的老兄吗。但他也不敢打包票。

"真是贴心呀，你还提前把后座折起来了。"他们走到车旁，纤细的黑发女人对他说。两人把松树塞进后座，发动汽车离开了。

男人到了家，把圣诞树塞进固定底座里。这是一株挺拔的黑松，树尖甚至碰到了天花板。这位父亲从车库里拿上一些装饰，前往孩子奶奶家。他们本来计划在下午五点前把所有装饰都弄好,之后再回家。妻子叫他去路边还开着的商店里买点拉花和彩灯串,去年的已经不能用了。

但从奶奶家走掉可不容易。她还在生病,大夫只准她回家待一周,她非要和孩子们一起过一个下午。她不想费力气去他们那儿,就待在了泰雷兹路自己家,太久没回来了,她说,得给冰箱铲铲冰。她做菜分量大得吓人,儿子进门时,她正忙着找各个饭盒的盖子。奶奶把各种东西分门别类地摆好,又花了好一会儿找出之前写好的贺卡。孩子们吵着要留在奶奶家看盗贼犯罪片,父亲便决定开车出去,转上一圈。

外面是冬日的寒夜,天上飘着雪,街上空无一人。卖松树的用篷布盖住别人没挑走的东倒西歪的松树,回家去了;另一边,女人刚刚冻好香槟。男人把好几个塑料盒包起来装进后备厢,突然想起了放在储物盒里的惊喜。天色已经暗了下来,那么这就算是平安夜了:他决定拆开它。礼物包得不严,一拆就开,他轻轻一晃,从红色包装纸里掉出了一大把金色头发。

男人吓呆了,心脏怦怦跳着,他把头发塞回包装纸,又在外面套了个塑料袋,塞回储物盒。回家路上,他无心注意湿滑的路面和乱跑的小孩,满脑子都是那个藏起来的塑料袋,他犹豫着,要不要干脆找个地方把它给扔了。

他们回到自己家后,他走进厨房一个个拆开奶奶给的饭盒,又转身出去拿其他的袋子。孩子们吵吵嚷嚷,妻子在厨房喊道：

"小灯买了吗？"

没人回应，于是她又喊道：

"拉花买了吗？"

男人听到这话，不禁打了个哆嗦，就像做坏事被抓了现行，慌张地回答：

"我忘买了，要不我再出去一趟？"

大概全家人都会说：不然呢，赶快去买回来吧。然后，他就会有十分钟、半小时、一小段缝隙般的时间，待在家门外凛冽的空气里，待在弥漫着雪的气息的夜里，在这个夜里，玻璃球高悬在深蓝色的天空中，像一个月亮，颤抖着，仿佛随时都会轰然坠落，摔成碎片——假如真是那样，他就再多待上一会儿。

第十三章
心脏的故事

七楼挂着老式窗帘,就是那种悬在窗户中间,比孕妇裙还短的窗帘。读者们要是会飞,就能看清楚里头发生了什么事。但人毕竟不能飞,所以,大家还是得靠我,本书作者,让我来带着各位通过一个隧道形状的洞口,看向一位叫作克拉里卡的老太太。

克拉里卡正一边看着电视广告,一边涂着脚指甲油。她今年七十好几,涂起趾甲来看着相当别扭,但现在毕竟到了该穿凉鞋的季节,涂了也就涂了。电视里闪过各种早该被扔进垃圾桶的老式意面夹和筛子的黑白图片,随后,一种多功能的新式厨具的彩图出现在屏幕上,它既能当筛子,又能夹面条。

克拉里卡一点儿也不想扔掉自己的意面夹。它确实用了很久了,但它的把手是红色的,跟厨房的装潢正好互补。再说,虽然她也乐意买个新款,可她舍不得花那么多钱。她头皮发痒,又不想把卷发筒弄掉,就用笔挠了挠头。突然间,电话门铃响了。克拉里卡吓得蹦了起来,幸好指甲油已经干了。原来是那个跟她约好下午四点来拜访的小个子女人,她完全把这事抛在了脑后。

青年女子目光扫过单元楼门铃,找了半天,才在一众按键中找到了贴着小爱心的那户。"快上来,我的宝贝!"电话那头的人说道。来访的女人叫阿吉,她听到对方语气这么亲昵,心里直打鼓,面上却不显出来。她推开吱嘎作响的单元门,摁下电梯,盯着皱巴巴的地毯。电梯到了七楼,走廊中已经有扇门大开着。"这边,我的宝贝!"先前那个声音传来。"你先坐会儿,我还得办点事,马上就回。"老太太吆喝着,关上了房门。她要办的事其实就是把沙发上的分趾海绵收起来。

阿吉找了把椅子坐下来。上回她见到这种椅子,还是在一个托儿所里,老太太这一把肯定是从大街上捡回来的。她起身往厕所走去,这种户型她很熟悉。"对,就在那儿,亲爱的,灯在右手边!"先前那个声音喊道。

厕所狭小,门上挂了件浴袍,浴缸里横卧着一块揉面板,上面盖着块十字绣巾,还贴了张纸条:别坐这里!

阿吉不太明白,怎么会有人想往浴缸里的揉面板上坐。她本想坐上马桶,又打消了这个念头:马桶的坐垫和盖子都套着粉色毛圈布，上面水迹斑斑，很是可疑。她小心翼翼地往下蹲住了，心想等一尿完就不动声色地出去。洗手的时候，老妇人的声音又传来了："可以进来了，亲爱的。"

克拉里卡的婚介所，"心之沙龙"，由一台破破烂烂的主机、发黄的屏幕和一个文件柜组成。当然，还有一位主理人，就是住在这里的克拉里卡。

"你的耳环真漂亮。"她微笑着说。

"这是印度风。"阿吉答道，说完她就后悔了。

"你去过那儿呀？"老妇人拉开桌子下面的抽屉，随口问道。

"我先了解一下你的情况，和警察差不多，之后咱们再谈正事。"她柔声说道，好像已经忘了耳环的事。她肯定忘了：她已经打开了用来放钱的铁盒，手中的钥匙扣上，一大块镶着人造宝石的豹子皮晃来晃去。

她们谈话时，阿吉一直盯着克拉里卡稀疏灰发间若隐若现的头皮。那头皮是粉色的，还泛着油光，跟塑料娃娃尼龙发丝下面的头皮一模一样。她的发缝左侧有一根深蓝的长线，像静脉一样延伸开去。（作者揭秘：那是圆珠笔的印子。）克拉里卡的嘴就没关上过，一刻不停地讲那些客户，她说他们都是正经人，她这里只接待体面的上等人，除非两边都同意，要不她连电话号码都不会给。这里可没有什么性骚扰或者用假身份搞什么地下色情交易，毕竟来这儿的人可都花了五万福林，当然得物有所值，而且这里绝不搞诈骗。"我这儿可不像网上那些！"她信誓旦旦地抛出这话，仿佛吹响了凯旋的号角。

阿吉只能粗粗描述，自己到底喜欢什么样的人，于是老妇人掏出一捆用皮筋绑着的照片，放在她面前。

"那你可以先看看这些，个个都是精英。"

第一张照片里的精英看起来像个屠夫，留着八字胡，靠在一家巴伐利亚风的酒馆柜台上。第二位站在帆船上，晒得黢黑，活脱一个戴着墨镜的木乃伊；第三位像根电线杆，呲着大板牙，身边蹲了条美国斗牛犬。阿吉翻页的速度越来越快。这一叠东西里有在公司年会上拍的照片，有剪掉了两个女人身影的家庭照，还有在警察局备案时拍的证件照——那位大哥满脸凶相，看起来像个虐待狂。阿吉犹犹豫豫把钱递过去，这下没有回头路了。克拉里卡闪电般从她手里拿走钱，她看出阿吉在动摇，就又开始絮叨：

"这些可都是不掺假的精英，个个都是运动旅游达人。喏，好比说，你手上这个，他自称是个犹太人，我这儿也有记录，要是女方介意这方面，就能提前筛掉。要是不介意这个，他可是个好小伙子，干厨子的，在这儿已经排了两年了。"

照片上，一个天庭狭窄、看起来有精神缺陷的男人回望着她。阿吉迅速地翻了页。

被问到喜欢什么样的人，阿吉略一思索，回答说，要模样周正，热爱生活，有幽默感，最好还得顾家。

"你到底还想不想嫁人了？"克拉里卡突然扯着嗓子喝骂道。"你还不如别来！要按你这个条件来找，所有人都要被吓跑了！你就跟这些钻石王老五挨个见上一见，要是觉得哪个还不错，总能培养出感情来的。说不定真能白头到老！这儿可不是网络上，我不搞诈骗那一套！"她重复着这套说辞。

她拿出一捆新的照片。"这些人，"她补充道，"他们主要是来找搭子的，但要是看对了眼，结婚也不是不行。偶尔也有那么几对能成。还有个问题，有些精英也上了年纪，孩子都成年了，不过将心比心，也可以理解。你要还有顾虑，我再把那些谢了顶的摘出去，虽然你没明说，但干我们这行的都懂，很多人都比较介意这个。呐，这不就是一个秃瓢，他也等了两年了。这是位货真价实的精英啊，但就是有人介意对象没头发。你说，这人一过五十，头发都上哪儿去了，没办法啊，我的宝贝。当然了，你还年轻，模样也好。"

阿吉翻着照片，那些专业头衔搅得她头昏脑涨。系统心理学家、部门主管、材料处理员、企业负责人……房间里飘着刺鼻的指甲油味儿。现在你们的作者要跳过这一段了，此前再稍稍透露：名叫阿吉的角色当晚绝望地哭了很久，睡着后还梦见了一个头顶文着十字绣图案的老太太。那天之后，凡是这个婚介所打来的电话，她通通不接。

而在故事的当下，她还坐在这儿，呆滞地翻着第二捆照片,时不时瞟一眼脏兮兮的窗帘,瞅瞅地毯,手上机械地翻着页。

"看,这个人刚登记完,他是个足球教练。这人以前真当过运动员,是个精英,现在只干教练了。"阿吉抬了抬眼皮,看了眼照片。她的心狂跳起来,手一下僵住了。她认出了照片里那幢房子、那堵篱笆、那块空地。父母还没离婚的时候,她每个夏天都是在那儿过的。

照片里,那个昂首挺胸、身穿白短袖、脚蹬运动鞋的男人,是她的父亲。

"合眼缘吗?"克拉里卡见缝插针地问道,"这个人相当靠谱。"

"年纪还是有点大了。"阿吉嗫嚅道。

这张照片是去年春天他心梗之后拍的。父亲十分惜命,能躺着绝不坐着,最后连班也不上了。阿吉清清楚楚,他这辈子一脚正经的足球都没踢过,最多只在房前那块空地上,跟他那个挺着啤酒肚的邻居切磋过几把。她有大半年没跟父亲说过话了。阿吉三十岁生日那天,父亲没来电话,她直接删了他的号码,哪怕后来老头儿打电话道歉,她也没把号码存回去。

"他有孩子吗?"她抬起眼睛。

"没有。说实话……我也不清楚。"克拉里卡谨慎地回答,审视着女孩火一般绯红的面颊,心想,哈,又是一个来给自己找爹的可怜虫。

第十四章
大腿的故事

"我们是要往车站走吗?"少女问道。

那是他们的秘密基地,一个废弃的公交车站。很久之前,这个站还有趟长途巴士,但牛奶厂倒闭之后,坐车的人大大减少,巴士也就不再往这个小山坡来了。压根儿没几个人住在这里。后来这一片也慢慢建起了居民区;而如果我们在任何一章里再跟这两个小少年打照面,我敢说,谁都认不出他俩来。反正作者肯定认不出来,毕竟这一切都已经过去很久了,那个时候,未来的黑松林还只是几棵小树苗。

当时车站后面有一片燕麦,夏天,麦地前乌黑的水泥路在热浪中颤抖。少年们没事儿就过去,往粗糙的水泥墙上涂涂画画,挤在角落里接吻,后来有人在那儿屙了屎,他们就再也没往那儿站过。狗在外头的麦穗间疯跑,空中飘着各种气味,它像醉了酒一样,要么追兔子,要么追自己的尾巴。

除了车站,他们还有一个秘密基地——他们自个儿的树。这棵树在山脚下,微微起伏的农田的远侧。它大概已经倒了好几年了,不过农机可以从土路上绕过它去地里,就一直没人把它运走。少年们只要下午有空,就会来这里闲逛。两人面对面跨在倒伏的树干上,用指甲抠起了树皮。这事儿干起来还挺享受,他们剥下了一大块烂树皮。女孩弯腰时,雪白的大腿在短裙下时隐时现,男孩不错眼地盯着。脱落的树皮下密密麻麻蠕动着各种虫子,蛀虫早就钻了进去,把树皮啃得像块电路板。

"不去那儿,我带你去个好地方!"男孩一来就说道。

狗早就等不及了。它兴奋得又跳又叫,费了老半天才给它戴上项圈。大路上总是人来车往,可得牵好它。但这一回他们没有拐进那条通向枯树的小道,也没有往车站的方向走。他们沿着大路艰难地挪着,狗一点也不安分,扯着绳子嗅来嗅去。最后女孩被它烦透了,拽着狗绳的手一松,狗一下窜了出去。

他们在一道绿篱笆前追上了狗,狗正把两只前爪搭在一个小男孩肩上,要舔他的脸,男孩叫得撕心裂肺。女孩连忙扯过狗拴好,又劈头盖脸给它一顿大骂,小胖墩仍然号哭不止。他的妈妈搂过儿子柔声哄着,"没事了没事了,"她说,男孩不再哭叫,却又开始抽噎。

"好了好了,小米希。"女人安慰着,一边恶狠狠地瞪着他们的背影。

"真是个小可怜,吓成这样。不过鲍比倒是也不咬人。现在你能说了吗,我们这是要去哪儿?"

这条路已经走到头了,再走就到柏油路上去了。酷暑七月,拖鞋不时陷进烤化的沥青里。路旁杂草丛生,谁也不会走这条路。男孩神秘地笑了一下,继续走着。他们如此走了二十来分钟,女孩突然强硬地停住脚步:

"别闹了行不行?你发疯,鲍比也跟着一起发疯。你要是再不说去哪儿,我就回去了!"

"哎呀好啦,马上就到了。"

路向左拐,分出几条岔道,小道通向缓坡上一片宽阔的草坪。

草坪两侧种着一条条林带,其中一侧像是放大版的街心公园,另一侧的松树林更像样些,多年以后,它们将在暗影中簌簌作响。

"你脑子没事吧?就为了看这玩意儿,走了这么久?!"

他们拖着脚步走向草坪,女孩阴沉着脸,落在后面,又一次倒出拖鞋里的沙砾。在这块地方,他们可以放心让狗撒欢,于是她给狗解开了项圈。鲍比猛地撒腿向前冲去,又跑回来,盼着有人扔出一根棍子。男孩捡了根结实的木棍,一下子扔得相当远。他们追上狗后,女孩惊异地环顾四周:

"这他妈是什么鬼地方?"

他们放眼望去，四周全是一人大小、四四方方的坑，规整地嵌在土地里。

"什么什么鬼地方？"男孩咧嘴一笑，"这原先是片墓地。刚开始，这一片都是墓坑，结果家属不干了，他们只好把所有尸体都挖出来。这个地方散味儿已经散了半个月了，但还是臭得要死，简直想象不到。"

"你别在这儿乱说了！"女孩捂住嘴，"我要吐了！"

"上当了吧，"男孩把她搂进怀里，"其实这是个靶场。我们刚走过的那条路立了块'禁止进入'的警示牌，你可能没看见。"

"靶场？"女孩大为惊奇，任凭男孩抱着，"给谁开的？"

"当兵的。他们在这里练打靶，但那是以前的事了。现在，该我们打靶了。"他说着，把手伸进女孩的上衣里。

就在这时，鲍比闪亮归来，它玩追棍子玩上了瘾，鼻子热烘烘拱着两个人，让他们再扔一次。人把棍子扔出去，狗把棍子捡回来。它飞奔向松树林，叼起一根粗得多的木棍迅速打转跑回。女孩弯下腰，捡起木棍。

"真是见鬼了，这棍子沾了我一手的树脂！鲍比，你滚一边去行不行？"

狗好像听懂了这句训斥，放下了它一直叼着不松口的木棍，跑掉了。男孩又抚上女孩的乳房：

"你说，我们要不找个坑？"

"那要是我们进去就出不来了呢？"女孩挑逗道。

"那就待在里面，跟合葬一样。"男孩大笑着，往坑底爬着。女孩在他后面也跳了下来，两人都在坑底站住了。

"这里躺不下两人，除非你躺在我身上。"男孩说。

他们开始接吻。男孩先脱掉了女孩的上衣，又慢慢把手伸到那条黄色短裙下。

"别胡来，我现在一身的汗！"

"我喜欢得很。"男孩低声说，手上已经脱下了她的内裤。女孩分开了坚实雪白的大腿。狗又一次从坑边探出头来。它大口喘着气，看着他们，狂叫不止，似乎想把他们救上来。女孩气得要死，冲它大吼：

"鲍比，有多远就给我滚多远！你没长耳朵吗，坏狗？快滚开！"

狗的脑袋缩了回去，女孩稍稍夹紧了双腿，尴尬地别过头去。

"他妈的，地上有东西在扎我的屁股。"

她撑着站了起来，男孩将自己的T恤衫铺在地上，拉过女孩让她躺好。他又掰开了她的大腿，掏出避孕套，用牙撕开包装袋。

"别，我还没准备好，求你了！别这样，我们就和平时一样，不行吗？"

"可是我想要。"

"我怕会很痛。"女孩浑身都在抗拒,但男孩已经挤进了她两腿间,她只好放弃了抵抗。

他们纠缠翻滚着,狗突然再度出现,冲着他们狂吠,嘴边还滴着口水。

"鲍比,坏狗!走开,去抓个兔子!兔子呢?兔子哪儿去了?"

竖着尖尖耳朵的小脑袋不见了,男孩摸索到先前的位置。他突然一挺,用蛮力进入了女孩的身体,下一秒便射精了。他们在坑里躺了很久,最后女孩打破了寂静:

"我好像把血弄到你衣服上了。"

男孩没接话,于是女孩又说:

"喂!你会一直爱我吗?像现在这样?"

男孩还是没答话,他沉默地躺着,抚摸女孩的头发,替她清理掉头发里的黄土。到处都是从坑壁滚下来的土渣。他们头顶飘来一大片积云,风把它们吹到了一起。有片云遮住了太阳,好像要把它卷走,天穹上灰暗弥漫。两人就这么躺了约莫半个钟头,听着附近松林里呼啸的风声,忽然一声枪响,空气震颤起来。紧接着又是一声。

女孩一下爬起来,警觉地侧耳听着。

"咱们在这不会摊上什么事儿吧?"

"肯定没事,也不止我们俩来过。"

女孩刚把内裤提到大腿上,闻言惊恐地转过身来,看着男孩：

"你还带别人来过？"

"我带别人来？你是不是有毛病啊？"

男孩爬出坑洞，四下看了看，却不见人影。他伸手把女孩拉上来，替她掸去黄裙子上的土，屁股那儿染上了一大块污垢，但这条裙子还能勉强穿回家。男孩的衣服确实也染了血，背上那团红色一目了然，看起来像他中了一枪似的。

"你染得真好看！"男孩哈哈大笑，穿上了衣服。

他们呼唤着狗的名字，但这次狗没有出现。

"鲍比，鲍比！"

两人找了它很久，他们喊着狗的名字，后来还分头去找。一人去了灌木丛那边，一人在松林里边走边叫。呼喊回荡在暮色降临的草坪，但哪里都听不见狗的叫声。

他们就这样游荡了好几个钟头：直到夜间气温陡降，他们才往回走。女孩哭了一路，男孩心烦意乱地用牵狗绳抽打着地面。夜深时，他们回到了家。一路上，两人失魂落魄，漫无目的地吹着唤狗的口哨，但只有蟋蟀在黑暗中应答。两人已经记不起来，他们是怎么回到大路上的了，就连牵狗绳都在半路弄丢了。

第十五章
脐带的故事

女教师在桌旁坐下来,用手掌把面团压扁。想来罂粟籽面包卷大家都吃腻了,今年圣诞她就不做了,改做姜饼。夫家的亲戚有很多小孩,她打算给他们一个惊喜。她把面团拍扁,然后用咖啡杯口切出一个个圆饼。家里没别的模具了,不过,单靠咖啡杯也能做出一些搞怪的小人头。

杏仁做成眼睛,食指指甲压出嘴的弧度。有笑脸,也有哭脸,整齐地码在铝箔纸上。这些斜着眼睛的小脑袋好像让她想起了什么往事,女教师的动作明显慢了下来:烤盘还空着一大半,她就心不在焉地把它推进了烤箱。还剩了些面饼,她没把它捏成小人头,只是简单地在每个面饼中央压进一个大糖珠。她坐在烤箱旁边,眼盯着虚空,好像灵魂已经不在这儿了。她丈夫就这样看着她眼睛发直,身体前倾,越来越讨厌她。从前阵子起,她慢慢开始发福,还染了个不三不四的酒红头发，成天一言不发。这样也不是不行，只是她好歹得生个孩子嘛——但她连孩子都没生出来。说实话，他老早就想离婚了，只是他本身就是个软蛋，这才没离成。

但她其实有过一个孩子，只是丈夫不知道而已。没有人，没有任何一个人知道这孩子的存在，有时候，她自己都觉得这个孩子从没出生过，一切仿佛都发生在另一个时空，在另一个人的生命里，也许那个十九岁的姑娘并不是她。

中学毕业考试之后，她休学了一年，父母送她去南锡市[1]当婴儿看护。那时，命运第一次，其实也是最后一次，在她眼前铺开了纷异的道路，而现实指向了最烂的那条：好，去吧，就是它了。女教师在南锡认识了一个男孩，这小子后来再也没有回复过她从匈牙利空运过去的信。她升学考试考得不错，专业选的是英法双语。她以为，月经迟迟不来是因为自己长期熬夜学习，压力太大。当她发现自己怀孕时，孩子已经太大，打不掉了，她只好再休学了一整年。在她怀孕的这九个月里，父母都没有原谅她，他们说她不负责任、不懂感恩、自毁前程。他们担心她完不成学业。那段日子里，每一个晚上都回响着哭泣和重重的摔门声。父母其实都有工作，两人都是律师，身上带着股肃穆，和她的祖父母简直没有一点相像的地方。

---

[1] 位于法国东北部，是洛林大区默尔特-摩泽尔省的省会，曾是洛林公爵领地的政治首府，是洛林大区人口最多的都市。

她生产时，只有母亲来了医院，她在走廊踱来踱去，满面严肃。生产的过程相对比较顺利，可剪断脐带后，姑娘眼尖地发现，产科大夫那本该舒展的面庞上却莫名布满了沉重。她的小婴孩脑袋扁扁的，头顶长着茂盛的黑发。

"先天愚型。"母亲冷酷的声音响起，"听见没有？唐氏综合征。"

一开始她没反应过来。女孩筋疲力尽地倒在病床上，咀嚼着这个词语，唐氏。倘使，倘若当时，但不论当时如何，都和现在的她毫无关系。她只感受到无边无际的疲倦，某种模糊的冲动间杂其中。此时，整件事的最末一刻，她仍想弥补自己对父母乃至对家族犯下的可怕罪过，这样，他们就能重新接纳她，而她也可以重新做回他们的孩子，重新把门关上，趴在小小的卧室里，任光阴虚逝。

领养手续并不复杂。有个一脸麻子的女人坐在那里，嘴里不绝地念叨着事先背好的领养誓词，然后她造作地把手伸过桌子，握住女孩的手，告诉她，她并不孤独。然而女教师难以言表地孤独着，在一周的考虑期限内，对于这个新生命，家里没有人提起一个字。签下协议，她就要永久放弃母亲的身份和相应的权利义务，不得更张。签字时，婴儿的脐带尚未愈合。

剪断了脐带，她们间仍有着某种无形的纽带，它不准她忘记。女教师的母亲仿佛隐秘地扯住了它，她不遗余力，纽带愈扯愈紧，紧到有时候，她觉得，妈妈简直是要勒死她。

她频繁地想起女儿，每每这时，她都会算一算，女儿现在该有几岁了。五岁，十岁，然后十五岁，二十岁。她喜欢在脑海中勾勒出一个神秘而遥远的国度，也许在亚洲的某个地方，那里的人都胖胖的，斜着眼睛，脸上挂着笑。她的小女儿也去了那里，那儿有一位先生，总是乐呵呵的，他眼周爬满纹路，女儿就依偎在他短粗而甜蜜的手臂间。她很清楚，这不过是幻想。女儿就在国内，在某个边陲小城，木然地做着一份营生。她好几次在路上看见得了唐氏综合征的年轻姑娘，总觉得那就是她。女教师明白，她就算想找孩子也没法找到了，她总不能两眼放光冲到人家跟前，研究人家的长相，更何况，唐氏姑娘长得都差不多：她们快活的脸上洋溢着闪亮的喜悦，一对小耳朵无比扎眼，比起那些懦弱而不称职的父母，她们看起来更像流着同样的血。

有时，也会有另一种念头浮现出来：女儿或许已经死了。她知道，染色体畸变往往伴随着先天心脏病，很多患者都活不到成年。可她又相信，如果那一刻已经来临，自己一定早就感应到了。

就这么过了二十分钟，小笑脸出炉了，整个厨房弥漫着姜饼的香气。女教师戴上厚手套，把它们摆进瓷碗。姜饼看起来有些发白，也许温度应该再设高点儿。她把镶着糖珠的圆饼放进烤盘，这次设的温度比之前高得多。

女教师在烤箱前的小凳上躬身坐着，透过玻璃，她惊讶地看到，面饼中央，糖珠迅速融化了，姜饼胀大起来。每块姜饼都是这样，像挺了个圆鼓鼓的肚子，糖珠融化的位置就是空荡荡的肚脐。

"其实咱们现在要孩子也不晚，对吧？"丈夫突然在她身后出声，嘴里还嚼着一块刚出炉的姜饼。

"别想了。"女教师头也没回，语气坚定得令人惊讶。沉默降临。烤箱时钟像个定时炸弹，在她头旁冷冷地滴答着。

第十六章
乳房的故事

他凝视着女人的寸头。他必须承认,女人鼻子太大,耳朵又太尖,这个发型根本不适合她。不过在以前,他倒总爱撺掇她留个短发,她的头型圆润饱满,短发漂亮得很。

他们有七年没见面了,两个人都老了。不,不能这么说。在前面的章节初登场时,他们跟风华正茂也扯不上什么关系。在那时,男人的酗酒,女人的不幸,都还仅仅是命运潜在的可能,而如今,这已经成了刻在他们面容上的明证。

他们站在一栋三层公寓楼的大门前。以前,他们约会结束时总在这里道别。她的小女儿,那个总躲在窗子后恶狠狠偷窥他们的小女孩,已经长大成人,去了乡下的小镇读书,他的小儿子考上了医科大学,现在还住在家里。他的大儿子跟了妈妈,那个女人再婚了,不像这两位,眼睁睁看着自己的人生走向失控。

男人站在窗边，嘴里讲着这些年发生的事，眼睛却若有所思地看着车库的顶棚。顶棚还是原来那个，黄色的波浪棚顶又丑又脏，跟七年前一样，那时候的一切看似正慢慢变好，实则已开始隐秘地崩塌。那时候命运——最后一次——展现了纷异的道路，而现实指向了最烂的那条，好，去吧，就它了。照进现实的事物总不尽如人意，而总要等到一切都过去了，人们才能在回忆里看清。

女人问起了男人孩子的近况，稍稍朝他凑近了些。男人闻到了她的香水味：和从前一样，柑橘香带着淡淡的忧愁。他也像从前一样，对她充满着渴望，因为他始终像从前那样爱她，而哪怕我们用最严苛的目光来审视，哪怕我们承认他膝下已有一群可爱的孩子，也没法反驳，他对她的爱情并没有消逝。

男人拉上窗帘，他还记得女人是很害羞的。房间里只余下了一小点光亮，这点光亮刚好够让七年前的女人面红耳赤，但如今已经不会让她尴尬了。她从短裙和丝袜里滑出来，走向男人，开始抚摸他。她最先抚上了胸膛，随后手停在他鼻子上。全身上下，她最爱的莫过于他鼻子的线条。男人则钟情于她的双乳，要不是她还穿着毛衣，他早就把手伸过去了。他看着她轻巧地脱掉毛衣，毛衣下是一件胸衣。

我本该停在这里，毕竟现实叩响的从来都是那扇最可怕的命运之门；或者我本可以大笔一挥，扭转局势，将故事引向另一种结局。但时间紧迫，一秒都停不了，在那明暗交接的一刻，我踌躇着，拿不准到底该打开哪一扇门。读者们可能猜到了，男人的手已经伸进了毛衣。接下来要发生的，正是爱情的残酷。那手停下了，胸衣滑落。起初，男人只摸到了异常平坦的皮肤，随后他投去一瞥。借着渗进来的惨白光线，他看见，女人右胸上凸着一道宽而长的缝合疤，长约三四寸，像贝壳内壁一般闪着光泽。那里完全平坦，仿佛从未隆起过，皮肤上也没有乳头，只有那道瘢痕，宽长，肉粉，令人匪夷所思。

"会做重建手术的。"女人的语气活像个带着客户看房的中介，站在一片泥泞的地基前，为不能如约领人参观而找着借口。男人什么也没说，只是抚摩着另一侧丰满的乳房，出于礼貌，他时不时也会把手移到疤痕上去。他想用手掌抚上那里，但真正直面它时，他只敢用指腹轻柔地触碰。没关系，他重复着，他一点也不介意，她的身体就跟过去一模一样。但他的低语不怎么可信：男人没有勃起，片刻，他还突然落了泪。他钻到柔软的左臂和仍存的左乳之间，对着这个黑暗而潮湿的缝隙低诉。脱口而出的并不是那七年来无数次翻腾在他唇边的话语，他说了些别的。男人一遍遍重复着一个模糊的词语。那个词本来很容易听懂，然而他的声音早被泪水湿透，无望地浸没在女人腋下湿漉漉的被子里。

回家的电车里，男人起身换了个座位。直到在另一个座位坐下，他才意识到，他换座，是因为先前座位前排的人造革靠背被划开了一个大口子又缝了起来，缝线的针脚宽大粗糙，看着很不舒服。往前挪一排，他就不用看着它了，他可以看看窗外，看看垃圾遍地的郊外的春天，看看积雪中裸露的道路的残骸。他心想，今晚得问问儿子，在医院里切除的那些人体组织都去了哪里，那么多女人圆圆的乳房都去了哪里。他要弄明白。他必须得在想象中勾勒出那乳房的归宿，如此，他才能在心中跟它告别。

但他还是没能问成，儿子到家时，他已睡得很沉。那时刚过十一点，还不算晚，可惜他已经不省人事。实话说，不是我不让他醒着，世界上根本没有任何办法，能让人在喝了那么多杯烈酒之后还清醒地睁着眼睛。其实儿子也有话想跟他讲，他想说，今天救护车拉来一个人，但没救过来，心肺复苏还是他做的；他还想说，诺拉怀孕了，她想暂时搬过来住，这样至少还有人做饭；他还想宣布一个爆炸性的好消息：他把车完好无损地开回来了。但最终他什么也没说。儿子揣着一肚子话打开家门，一眼就看出父亲又喝醉了。他和衣躺在沙发上，毯子拉到下巴，只有一只手伸出来，悬在沙发外，手指微曲，仿佛在虚空中握着什么。

第十七章
舌的故事

一路上,季米特里奥斯[1]没说过一个字。他把破旧的粗呢大包夹在腿间,眯着眼睛睡着了。妻子和两个孩子留在了老家,但有人跟季米特里奥斯保证过,他只是先走一步,用不了一个月,就会有人把妻儿都带到他身边。纳基斯[2]在一旁打着瞌睡。他已经年满二十五岁,不过还没有成家,三个姐妹和年迈的父母都留在卡斯托里亚。

这样的人拢共有八个,全都坐在卡车的尾板上。四辆黑色的卡车在国境线上短暂地碰了一面,随后又在行路中彼此失散了。这批人里没有孩子,两周前,在普雷斯帕,他们已经跟孩子们道了别。

---

[1] 原文 Dimitriosz,由希腊名 Dēmḗtrios 转写为匈牙利语,故此处译者采取希腊语译名译法,本章内的人名均采用此种译法。
[2] 原文 Mihalisz,由希腊名 Michalis 转写。

长旅漫漫，每个人都脏兮兮、汗烘烘的，他们身上长了虱子，手中包袱上裹着的泥都结成了块。干粮已经吃完了，烟草也得省着点。夜里，他们闭着眼睛，努力让自己睡去；白日里，他们就望向行经的土地。这是个好地方，玉米秆长得又高又壮，边上还结着一大片饱满的葡萄。

这几天忽然下起了雨，雨滴打在篷布上，啪嗒啪嗒，响个不停。顶上横着这么块布聊胜于无，可人们的衣服还是湿透了。纳基斯把外套里子翻到外头，在一条条褶皱间捉起了虱子。老米哈利斯看着他连连摇头，仿佛被那辆太脱拉卡车附了体，随着节奏摇晃着。

这辆卡车引着读者和那个睁着眼躺在床上的女孩来到了另一个可能的现实里，这现实离那个昏暗的房间很远，很远。达维德温暖的声音满溢着深情，在黑夜里蜿蜒，漂荡。已经凌晨两点半了。

雨后，一股湿而闷的热气扑面而至。卡车尾板上，阴干的衣服和冒着蒸汽的躯壳都开始发臭。他们离未知的目的地越来越近了。弯道上颠簸得厉害，太阳狡黠地从侧面晒上他们的脸颊。饥饿、困乏和柴油尾气一同涌来，所有人的脑袋都沉沉地坠着。

卡车拐入一座小城的中心广场，时间已是中午，他们在陌生语言写就的奇怪标语间缓缓穿行。希腊人看着车外的肉铺，眼前是高大的巴洛克教堂，冷淡的异国女人都长成同一个样子。当地人在广场上来来往往，走到卡车前时都停下脚步，他们狐疑地审视着这辆产自捷克斯洛伐克的卡车：这是今天的第三辆了。篷布下，人们身心俱疲地眯着眼睛，没人叫他们下车。

最后，终于来了个身穿绿色夹克的男人，他扯着嗓子跟司机交涉了很久。两人的俄语都不怎么样，交流还得靠手势和音量来补充。他们绕过冒着蒸汽的卡车，向车上的人招手，来吧，走吧，大家都下来。

乘客们爬下卡车，拖着行李站了一小会儿，随后犹犹豫豫地跟在绿夹克身后出发了。他们穿过广场，穿过小店橱窗里女人探究的目光，群聚到一个满地碎石的操场上。后头有只狗一直冲来者狂吠，直到一个瘦高的少年从楼梯间出来吼了几句，它才闭嘴，夹着尾巴，只在嗓子里低低呜咽。谁也不知道这杂种到底在学校的操场上做什么鬼事，而学校里的学生又去了哪里。这样一看，整座小城散着一股死气，大街上闲逛的居民个个都是一副茫然不解的样子，仿佛他们是外地人。

"今天星期几？"伊奥安尼斯[1]突然问道。

"星期三。星期三中午。"马尔库[2]答道。他已经有好几

---

1 原文 Joannisz，由希腊名 Ioannis 转写。

2 原文 Marku，是 Markus 的昵称，在原文中交替使用，由罗马尼亚名 Marcus 转写，与下文中的"马尔库斯"是同一人。

天没说过话了，但他始终拧着眉毛，看着周围，随时准备要跳起来。他数着日子，数着他们穿过的国境线，又翕动着嘴唇去数玉米地和剩下的烟草。他还在脑子里数了一遍自己有几个同辈表亲，连年少夭折的都算上了。

"现在是星期三中午。"他阴沉地重复一遍。

纳基斯跑回大门口，想看看卡车走了没有，可穿绿夹克的男人扯着嗓子让他回去。他们走进体育馆，行李留在了操场上。体育馆里躺满了希腊人，但他们基本都不认识。米哈利斯倒认出了一个同乡，他今晨刚到这里，胡须花白，比米哈利斯还要年长一些，大家都叫他蔡斯[1]。蔡斯说，洗漱就别想了，不过之前他们分到了一点水，他也不知道大家是要待在这里，还是要继续赶路。为了夜里能睡得舒服些，新来的几个都尽力找地方安顿下来，可突然，一个眼睛窄长的男人闪了进来，操着一口匈牙利语对他们说着什么。与此同时，那个绿夹克已经不见了。

没人听得懂他到底想干什么，人们束手无策地注视着这个四十来岁的大方脸。他的语气明显强硬过头了，反倒显出几分犹豫，但饿得前胸贴后背的旅客顾不上这些弯弯绕绕，他们只听出了一股恼火。男人像把机关枪一样噼里啪啦说了半天，然后，他伸出指头点了好几下，示意新来的人排成一

---

[1] 原文 Zeysz，德国姓氏。

列。人们边起身边想，好吧，现在要给我们这些新人发水了。这帮人全站了起来。

男人把他们领到一个光秃秃的水泥房里，墙上画着穿着短裙跳舞的女学生和弯着腰的农民。房中几张木桌首尾相接拼成一条长桌，桌上没铺桌布。

他们一个接一个地在两侧的长凳上坐下，摘掉鸭舌帽。

之后什么也没有发生。他们坐着，抓着帽子，时不时朝厨房看上一眼。毛玻璃后，一个穿着白褂的女人带着惊惶的神色，时不时往外瞟一眼，但始终没走出去。他们就这么坐了大约半个小时，水也没来，马尔库站起来，朝门走去。他这副样子并没有威胁的意思，但季米特里奥斯抓住了他的胳膊，朝他使了个眼色。马尔库默默坐了回去，所有人都紧盯着那扇门。

很快，一个长着雀斑的矮个女人走过来，往桌子上摆放着装着暗红色液体的塑料大水壶。她没拿杯子。米哈利斯把舌头尖伸进壶中尝了尝，说了些什么。切切的低语立即沿着长桌边传开。

"不是葡萄酒。"

这时候玻璃杯端上来了，他们尴尬而笨拙地倒满杯子，啜饮着里面的树莓汁。

树莓汁稀得像掺了水，有股怪味，但略微缓解了他们的饥渴。有人还往壶里掺了点墙边洗手池的水。大家又度过了难熬的一刻钟,来了一个戴头巾的女人,她踩着嗒嗒的脚步,在长桌上布好了塑料盘和塑料叉。她垂着眼不看人,闭着嘴不说话,要是桌上没有空地了,她就把餐具放在餐巾的中央。没过多久,先前的雀斑女和一个胖墩墩的老厨娘又来了:她们蹒跚着从厨房搬来了一口巨大的铝锅。然后又搬来一口。这两口大锅分别放在长桌的两端。

男人们坐不住了,他们骚动着,等着领自己那份吃食。然而两个女人没给他们分餐就扭头回了厨房,她们躲在白门后,隔着一段距离观察客人的一举一动。客人们等了一会儿,纳基斯起身往锅里看了一眼。

"是意大利面。"

桌子两头各有一人起来为大家盛面。年长的优先吃,剩下的按顺序一个个来。

他们正要开吃,先前那个戴着头巾的瘦女人又来了,她两手各端一个满得冒尖的盘子,把它们重重放在长桌两端,然后踏着丁零当啷的步子转身回去。她穿着木拖鞋和白色短袜,像个护士。盘里聚着一堆灰色的粉末,看不出来是什么东西。

有几个人忍不住开动了,其他人还在等着上肉。纳基斯研究着那盘东西,拿起一点粉末用指尖捻碎。

"烟灰。"

"肯定是为了方便待会儿洗盘子。"马尔库斯说。

长桌另一端，季米特里奥斯凑近盘子闻了闻。

"是土。"他严肃地下了判断。

雀斑女和头巾女一起出来的时候，伊奥安尼斯那盘面条几乎快被他扫光了。雀斑女紧张地跺着小碎步，稍高的女人大声解释着什么，她那听不懂的外国话里塞满了弹舌，好像是在发火。她指着盘子，重复着一个谁也听不懂的词，然后大幅度地摆动着一条胳膊，仿佛在下逐客令。男人们不安地沉默着，互相瞟来瞟去。女人摇了摇头，趁他们还没反应过来，抄起盘子就开始往他们的面条上撒粉，雀斑女在桌子另一端做了同样的事。她们手脚麻利得很，粉一下就撒完了，而后她们如同完成了什么任务般对视一眼，又一起回了厨房。

桌旁沉默了几秒，然后季米特里奥斯说话了：

"她们撒了土！"

"她们撒了土，就是为了不让我们吃！"

这句话回荡在长长的木桌上。马尔库摔了叉子，愤怒地盯着眼前的盘子，其他人都失望地瞪着自己的面条。

"他们一点都不欢迎我们。"伊奥安尼斯说，"因为我们不讲他们的语言。肯定是这个原因，她们才玷污我们的食物。"

季米特里奥斯实在饿得要命，他才不管面条里有没有土，要是没这一出，他早就把盘都舔干净了。但他还是忍着没下嘴，坐在桌前，等着其他人做决定。

"我们干脆直接走吧！"纳基斯把帽子拍在桌子上。

这个提议没有全票通过，他们已经好几天没吃上热饭了。

最后，老蔡斯站了起来。他拿着盘子，昂首挺胸、不失尊严地走到墙边。所有人都以为他要把整盘面都倒掉，或者干脆把这盘面端回后厨，塞到那群厨娘手里。

但他没有。他停在搪瓷水龙头边，用那双满是皱纹的大手压住盘子，开始冲洗面条。黑色的土冲掉了，只剩下水淋淋的细面。于是剩下几个希腊人也站了起来，在水龙头前规规矩矩地排成一列，依次冲洗自己的面。冲完后，他们一个个腰板挺直，坐回原处。厨娘们看着他们，小声交谈着，没有一个人敢走出来。

希腊人吃完便开始商量。他们腹中不再饥饿，心中却漫起一股悲苦。所有人都站起来，在肃穆的沉默中穿过体育馆。绿夹克赶到时，他们已经拿上了行李，在操场上气势汹汹地列好了队。胖厨娘慌慌张张跑出来，拽着男人的夹克把他拉进餐厅，指着洗手池让他看。

水池里散着一节节意面，下水口则像被油烟糊住了一样，堵满了罂粟籽。

第十八章
肚子的故事

每晚这个时候，公交车总要在始发站停上好一会儿，再启程时，车上已经载满了乘客。女孩找了个双人座坐下来，邻座的老妇人烦躁地把袋子挪到自己腿上，板着一张脸，上上下下地扫视着这个入侵者。

我费了好大力气去回忆，这个一头棕色短发的小角色有没有在哪一章里露过面。她是不是已经出过场了？毕竟现实世界里有那么多种可能，故事要么就正在我们面前上演，要么就是和演员们一起蛰伏在我们的视线之外。谨慎起见，我们还是得给这个女孩起个名字。不如我们就叫她——我想想……诺拉吧。

诺拉最近简直快过不下去了，可她又不好碰见一个人就跟他倾诉一遍自己怀孕的事。她其实不怎么显怀，肚子上只有微微一点隆起，还盖在了衬衫下。她坐下，眼睛在周围乘客身上扫过一圈,便开始删除手机里的旧短信。突然,所有人一下抬起头来,诺拉也跟着抬头望过去。前门传来一声巨响。

有个人想上车,他扯着嗓子吼司机,这趟车去哪里。司机敞开驾驶室的门,扯着嗓子吼回去,去布达。这个人肯定喝高了,他嘴里骂骂咧咧,也没有上车。可是,就在车子刚刚发动引擎的时候,他又从中间的门爬了上来。

这是个裸着上身的男孩,浑身没一块干净的地方。他喘着粗气,肋骨根根分明,腰间松松挂了条染血的裤子。男孩缩在车厢中间,把手里的尼龙布袋蒙在脸上,贪婪地呼吸着,袋子有节奏地胀起来又瘪下去,活像个鱼鳔。不出几秒,车里就被胶水的臭味填满了。男孩看上去好过了些:他慢慢恢复了意识,环顾四周,想搞清楚自己到底在哪儿。车开动了,一道道带着敌意的目光落在他身上。

巴士拐过一个弯,男孩突然捂住肚子,弓着腰,整个人几乎对折,他的脸又埋进了尼龙袋子里。这孩子究竟伤在哪里,我们无从得知,他只是时不时惨叫几声,又用手去探自己的小腹。他的伤口可能是被衣服遮住了,也有可能就暴露在上身,只是他滚了一身的尘土,看不出来。

几站过去,男孩又缓过来了。他愤怒的目光一一扇过乘客的脸庞,嘴上开始挑衅:

"你他妈瞅啥?还有你?都他妈给我滚。一群他妈的畜生。"

此情此景，我本来可以让这个名叫诺拉的角色走下这辆巴士，但凡一个作者有那么点良心，都会跟我做出同样的选择。可诺拉本人不想下车，她丝毫没有表现出想要离开车厢——也就是故事空间——的意思。她注视着男孩，并在他再次弓起身子的时候冲他说：

"来这儿坐吧。"

小伙子听了这话，跟跟跄跄地摔进座位，带着几分怀疑仰起头，目光闪烁。他又掏出了那个布口袋，这次，那张挂满了鼻涕的小脸整个都钻了进去。他憎恨着这个给他让座的疯婆娘，也恨着其余的乘客。

我可没有说只有小伙子恨着乘客，而乘客们都不恨他。事实上，其他乘客不光嫌弃地睨着他，还把这个让座的姑娘看作是跟他一伙儿的。她逞什么能，她是想找麻烦吗？老妇人呼啦一下就站了起来，她紧紧攥着手里的袋子，好像诺拉和男孩都想把它生拽下来抢走一般。她甚至立马下了车，下车之前，还不忘瞥一眼这两个好青年。

诺拉快到终点站才下车，车站在山坡的顶端。下车后，她还得往回走一段路。她快步走在道路左侧的街灯下，因为路对面生着茂盛的灌草丛，还没有照明。她走到十字路口时，公交车上的男孩突然拉了裤子，那条本就带着尿骚味和血腥味的裤子变得更糟糕了。可能他确实染上了什么重病。

男孩倒在地上，手还紧紧摁着肚子。

男孩一直坐到终点站才缓缓恢复了意识。他不知道自己身在何地，但他已经受够了这整个肮脏的城市。他出发了，翻过山岭，向着高塔，回到故乡的小镇。第二天，他就到了家。人们问他，佩斯这地方怎么样，他就说，跟坨狗屎一样。妈妈把他的衣服都洗干净，又在月初给他买了件中国产的彪马网球衫，权当安慰，毕竟他老早就想要一件这样的衣服了。那是件白色的短袖，上面印着一头飞跃而起的美洲狮。妈妈给他买这件衣服，是因为他从佩斯回来时两手空空。

不对，这个故事不是这样的。终点站到了，男孩缓缓恢复了意识。他不知道自己身在何地，但有位好心又富裕的布达市民朝他投去怜悯一瞥。这位市民对他说，我的孩子，你可别单单因为自己是吉卜赛人，就去抢劫或者犯什么事。把你脸蛋上的胶水擦干净吧，然后跟我回家，我家的花园里还有些杂活可干，你完全可以自食其力，活得有点人样。到时候你至少可以买一件毛衫，看起来体面点。

哎呀，我又没讲好，这次我会尽力的。故事是这样的.终点站到了，男孩缓缓恢复了意识。公交车司机已经生硬地催促了好几遍，但很不幸，男孩连站起来都做不到，更别提下车了。他又捂住了肚子，还抓紧了尼龙口袋。等到了这辆车准备出发去跑下一程的时候，男孩又一次倒在了车上。司机带着另一个公交司机回来了,他们商量着,是叫警车还是叫救护车。两人扫了一眼地上的男孩,一致决定叫警车,还说,要是他真的快不行了,警察会帮着叫救护车的。他们抓着男孩的双脚把他拖下了车,丢在石子路上。看起来,他们这是在犯罪,事实上,这么说也没有问题。

诺拉正走在陡而窄的小道上,再拐过一个弯,基本就到家了,可她突然在人行道上止住了脚步。她肠道一阵痉挛,可能是胀气吧,谁知道呢。诺拉焦虑地站在原地,等待着刺痛是否会自行消失。她把手掌贴在肚子上,于是第二次,她感觉里面天翻地覆。毫无疑问,是胎动。

第十九章
阴茎的故事

让-菲利普注视着从花洒下走出来的吉伦。吉伦胸前毛发浓密，湿漉漉的。他的视线略略下滑，滑过爬满青筋的紫色阴茎，滑上浓密黑亮的阴毛，它们一路蔓延到咖啡棕的小腹上，勾勒出一个菱形。

煮茶的水烧开了，让-菲利普倒了一点在茶杯里。他浸湿了茶包，嘴上又哼起那支出自《芝麻街》的小曲。他唱着开头一句："今天下雨了"，开始了他最爱玩的游戏。他双手各拎一个茶包，让它们像提线木偶一样舞蹈：茶包时而挤在一块，时而又分开。前一个扔进茶杯，后一个扔在前一个上面，手腕一抖，两个又一起飞上半空盘旋。吉伦穿上一条蓝色的内裤，心不在焉地瞟着这个老节目。接着他突然转身冲着泡茶的人发火："你就不能买点好茶吗，每次都搞回来一大堆破烂玩意儿。"

让-菲利普沉默了。他被爱人话里的不耐烦吓了一跳，心中渐渐笼罩上不祥的黑云。他往杯中倒了水，加上奶，走过去，递给吉伦。手掌顺势抚上了吉伦的后背，摩挲几下，随即缓缓下滑，滑进蓝色内裤里，探到他的小腹。吉伦硬了，但他随后只是冷淡地说，自己刚刚才洗过澡，但最后他还是放弃了坚持，跟让-菲利普一起上了床。他们再次，也是最后一次，激烈地做了一回——当然，这一点，只有读过作者笔下冰冷文字的我们才能知道。或许知道的人不止我们？没错，卧室里那两个人也明白这点，正因如此，他们心中才满溢着悲伤的决绝。高潮过后，吉伦瘫倒在床单上。他曲起一条腿，把脸冲向黑暗而不是让-菲利普，嘴里嘟哝着："生孩子。养孩子。鸡巴长来就是为了干这事儿的。"

让-菲利普深爱这个高个男人的一切。他爱他背脊的弧度，他眼白里微末的淡黄，爱他深色的牙龈、粉色的舌，还有他洁白的齿。他爱他卷发间调皮的蓝灰色阴翳。让-菲利普画过他一千次，画中人总是一丝不挂。他们在一起已经两年了，但自交往的那天开始他就害怕着，他觉得总有一天，这个男人会离开他。这不是他胡思乱想，眼下他们不就来到了这一刻吗。吉伦不愿多说一个字，态度却很坚决。他说，两个男人在一起是行不通的，他爸妈要是知道了，肯定会气得晕死过去。他们那个小地方还从没出过这种事。这话他从前也说过，每次听到这话，让-菲利普都会忍不住笑出声来——吉伦总是把"这种事"念得很轻蔑。

他总爱回嘴："你干吗不直接说'基佬'？"

但他这次没有像往常那样挑衅，只是坐在扶手椅上掉眼泪。他说吉伦肯定不能结婚，要是结了，他身边所有人都不会幸福，包括他的父母。吉伦冷笑一声，他懂什么，扭头就往厨房走。让-菲利普忽然极快地跪在吉伦身前，伸手紧紧把他搂住。他的头刚好贴在蓝内裤上，但这次不是为了撩拨；他用额头抵住吉伦的肚子，求他不要走。就好像今晚有多么重要，好像吉伦经历漫长思考后做出的抉择全看今晚似的——他们俩到底断不断，全看今晚吉伦是留下来过夜，还是披上外套就此离开。说到最后，让-菲利普的话里已透出一股绝望："你要是走了，我就要老了！"

吉伦低垂着眼看他，试探着向后退了半步。他一边说话，一边轻柔地挪开放在他肩上的手掌，说："你已经老了。"

当然不是这么回事，让-菲利普那时候才三十七岁，锡克教徒也就比他大两岁，他们所说的老并不是通常意义上的衰老。那么他们在说什么呢？

是孤独，是焦虑，是流离失所，是那些无法从他人身上得到宽慰的苦涩。吉伦·辛格刚刚想到的就是这些，他还想到了他自己，他的人生。他应该立马动身去卢顿，在那边租间房子。他毫不拖泥带水地拿出让-菲利普家的钥匙，把它搁在桌上，然后，他们拥抱了彼此。两人只抱了短短的几秒钟，他们的腰胯、胸膛、大腿都碰到了一起。他们的嘴唇没有。

公寓门砰的一声关上了，接着又是一声，这是楼下的大门。

让-菲利普走进厨房。他从垃圾桶里拣出那两个茶包，挤掉里面的茶叶渣，把空袋子摆在一只白色小盘子里。它们安然并列，就像躺在一张圆形大床上的两个人。让-菲利普又穿过走廊，来到卧室，开灯找出一个盒子。他翻出一板药，抠出了所有的药片，然后一口喝光了瓶里的威士忌。还剩一点儿力气，他撑着自己站起来，关上灯。厨房的灯一直亮着，但他没再走出卧室。

这一连串故事简直没完没了，很难说清这件事发生在什么时候。对此，每个跟故事沾边的角色都有自己的说法。按照让-菲利普妈妈的意思，这件事发生在无时无刻：整件事从头到尾都不清不楚，肯定压根儿就没发生过。让-菲利普本人则会说，这件事发生在每时每刻，因为自那一天起，它就没画上过休止符，一直绵延至今。不用说，锡克教徒准会投出赞成票，尽管他也会在无时无刻和每时每刻间显出一点迟疑，那时他出神地凝望着，目光好像飘到了很远的地方。

在那个不可追返的夜晚，吉伦·辛格站在人行道上抽烟时就是这副模样。他抬头仰视着那扇亮着的窗户。他简直恨死了这副样子：让-菲利普从不准他在家里抽烟。吉伦想，他可能还待在他转身离开的地方，坐在厨房里痛哭，或者跟别人打着电话。他们有一回也曾吵到过这个地步，那次两人只冷战了一星期，但这会儿，他明白，他不会再回去了。他又这么站着抽了一会儿烟，每抽完一根，他就把烟头摁灭在自己瘦长的棕色手背上。

他一连摁了三次。

第二十章
齿的故事

男人一拉开门,迎面就扑来一股散不掉的腐臭,差点没把他熏出去。他把圆顶礼帽扔上挂钩,结果走的时候却忘了拿。"真像个垃圾站一样。"他朝四周环顾一圈。

上世纪五十年代,他母亲就搬进了这间特雷兹环路上的公寓,从那时起直到今天,这间公寓甚至连墙都没刷过。最好是能把它卖掉,但现在房子可没那么好卖。街对面的房子已经挂出去了,他看到了贴在路旁的牛皮纸广告:那套房起码还有一个老式壁炉和门上的磨砂玻璃,他们这套可是什么都没有。

要把所有的东西都搬走看起来不太现实。男人在沙发上坐下,犹豫着该从哪里开始搬。他们早把母亲接去同住了,房子空着,于是窗台上的仙人掌枯死了,架子上也落满了灰尘。半年前回这里找先母的出生证明时,他拉开了墙柜上的抽屉，走的时候却没把它推回去。

那之后他再也没有来过。看着空荡荡的房子和遗留的家具，他感到毛骨悚然。最后那段日子里，母亲已经没法自主进食了，男人只能拿起小汤勺，一口一口把食物塞进她的嘴里，他上回拿茶匙给人喂饭喂的还是自己的孩子。每次母亲总是不解地盯着他，一喂进去就把饭糊吐出来，任它们顺着下巴流得到处都是。勉强咽下去的几勺刚进入口就直通出口，就像滑过某种管道，他们必须得立马把她挪到带洞的椅子上。有一回，他往那儿看了一眼，随后他想，有些东西你一辈子都不该去看。一个儿子一辈子都不该看到妈妈痉挛而脱垂的肛门。

老太太跟他们一起住了四年，这四年都是这么过来的。她总是口齿不清地嘟哝，而后突然铁青着脸、爆发出愤怒的嘶吼，仿佛在说一门夸张而有趣的外语。她黏糊糊地低语着，词与词间没有停顿，仿佛有人在她脑中从后往前读着一本书。"你这不入流的饭桶！"她靠在医院的白色人造革扶手椅上，冲儿子尖叫。

这件事发生在周五。周六他们要去水上乐园一日游，男人给了护士一大笔小费，托她们照顾好母亲。

孩子们排在螺旋长滑梯的队伍里，时不时刺耳地尖叫几声。男人看着半透明滑道里两个移动的黑点，无法控制地想起母亲的直肠。他悬着一颗心，生怕这两具小小的身体卡在滑梯上。手机响起时，他们正待在满是消毒水味的更衣室里。男人正抓着一条毛巾给小儿子擦头发，一开始，他都不想接这个电话，最后他还是接了起来，电话里说，她死了。储物柜的号码是676。他不知道这个数字有没有特别的意义——我们当然知道，它没有。事情总是如此。这种时候，人们往往都会滑向数字神秘学，他们求索着命运与数字间的微妙关联，他们问自己，要是待在家里没出门，事情会有什么不同。没有。

如果男人没去水上乐园，这周六他就会跟情妇在一起，那几个小时里他会关掉手机，极力把自己的生活抛在脑后。那样的话，情妇颈上小巧的水钻吊坠就会在他脑中挥之不去。坠子的样子是字母"H"，他总觉得这是"化成灰"[1]的意思，其实"H"只是赫尔佳，情妇的名字。赫尔佳喜欢用皓白的牙齿衔着这条项链，两腿跨在情人身上，缓缓坐下去。她偶然在一部电影里看到了这个场景，便觉得这个动作颇具风情，但我还是不要偏题为好，现在我们谈论的是男人妈妈的死亡。

男人开始收拾母亲衣服。他打开上了漆的衣柜门，拽出一堆散着樟脑丸味道的外套。他双手环抱着这堆衣服下楼，把它们扔进垃圾桶，仿佛捧的不是衣服，而是妈妈的魂灵。

---

1 原文是 hogy ez a H a halált jelenti，这个 H 意味着死亡。此处为了押韵，处理为"化成灰"。

衣架也扔掉了，其中的几个刻着外国品牌名：在妈妈的故乡，这种东西都会被人留下做纪念。扔完了衣服，再扔已经用得又薄又破的条纹毛巾。老太太从来不买新毛巾，要是别人送了她几条新的，她就转送给自己的女友做礼物。眼前的毛巾就是男人小时候的那几条，他记得他用过那条橙色的，比如有一回，某个下午的钢琴课后，他成功劝服了他的同学，一个女孩，跟他回家。两人都不想弄脏沙发，便把那条毛巾垫在他们身下。女同学长着突出的龅牙，就像——他把毛巾团起来塞进黑色垃圾袋时才惊觉——就像他的情妇，赫尔佳的牙齿。他妻子牙齿不龅，而是微微朝里倾斜，看起来就跟鲨鱼一样。

　　第二个袋子也装满了，男人思索着要不要干脆订一个大垃圾箱，再雇两个人，帮他把所有东西都搬出去，可突然，他在毛巾和餐布中间摸到了一块硬物。他在架子旁边蹲下，把它拿了出来。这是个破旧的天鹅绒长盒，里头原先装的可能是手表或者手链。他打开一看，都不是，这是个钢笔盒子。原本放置笔身的位置，现在只留一小绺卷曲的头发，金色的发丝已经干枯褪色，有根几乎看不见的细线把它们绑在一起。盒里还生了虫，内衬布上趴了一两条蛆，就算是喷了强效杀虫剂，这种东西还是在房里爬得到处都是，有几只甚至裹着灰尘，腐烂在画框的玻璃后头。男人捻起这绺令人作呕的头发，脑中泉涌出一些不好的念头。他记起一个很久之前的圣诞节，情妇剪下自己的头发，当成一个惊喜送给他：那是个恶心而不祥的礼物。尽管有不少次，他都在老照片里见到了小时候的自己，他还是很难想象，自己也曾有过满头金黄的秀发。最后的日子里，妈妈已经完全不认识他了，这肯定不是因为他谢了顶，但男人还是大受打击。老太太有时候会亲近地凑过来，对他说，自己的儿子有一头漂亮的金色卷发，仿佛眼前的他是个陌生人。

他和妻子从不会收藏孩子的头发。妻子是个虔诚的天主教徒，崇敬圣徒遗物，但丈夫极其反对把人体的零部件奉为信物。当然，有些事妻子永远不会告诉他，但我可以稍稍透露，她从网上看到，日本女人会把新生儿的脐带保存起来。于是，他当然也不知道，第二个孩子出生时，妻子也做了同样的事：她用卫生纸包起一小块干瘪的皮肤，把它藏进了衣柜。不用说，男人对它最后的命运也一无所知：他们家的猫不光把衣柜间的地毯抓得起球，还刨出那段脐带把它吃光了。还好他不知道，要是知道了，肯定会难受得要命。

男人忍着恶心，手继续往柜子后的深处探了探，因为他好像在里头又摸到了什么。这次是个稍小一些的金属盒，原先大概是个糖果罐，没准儿里头还有变干的糖。它盖子很紧，男人无论怎么用力都还是撬不开。他本可以把盒子扔掉，但盒子里还有东西，摇起来咔咔作响，这声音让他很不安。里头可别放了件首饰，谁知道呢。情妇的项链在他脑中一闪而过，他决定待会儿就给她打电话，现在更要紧的是去厨房拿把刀来。盖子跟罐体完全锈在了一起，撬开它着实费了番力气。罐子里装的是一些小小的黄色乳牙，有的还有蛀洞。这罐东西没什么味道，但他还是立即扭开头又伸直了手臂，就着这个姿势把罐子放在了桌子上。他想过要把它们全倒进垃圾袋，再把袋子直接甩进垃圾桶。但最后，他想到了另一个方案。

他站在卫生间里，垂头盯着层层积垢的抽水马桶，手机响了。不是情妇，是他妻子。她问他收拾得怎么样了。

"不怎么样，"他回答说，"我累了。你知道的，我已经一根头发都不剩了。"他往卫生间的镜子里瞟了一眼，突然说道。"你猜怎么着，我刚刚才把我的牙齿冲进马桶。""嗯哼。"妻子答道。"买点面包回来。"男人答应了，他心想，可以在回家的路上顺道买好，赫尔佳住的那条路上正好有家24小时便利店。接着他又扯了一下冲水拉链，因为有一颗牙还没冲下去。这一次，它像其他的牙齿一样，消失在了黑黢黢的洞里。

第二十一章
下巴的故事

　　埃迪特和丈夫到多特蒙德去只是为了参加葬礼,但就算是用这个理由,她那可怜的丈夫也很难在年初向公司请下假来,二月里总是忙得要命。丈夫的哥哥倒是已经早早过去了,帮着老人家处理大大小小的事务。

　　一月中旬,公公死于心衰。他没有心梗,即便是最后发病时,也避开了所有惊心动魄的场面,只是心脏缓缓停跳了。婆婆从医院打来电话。她简洁地说明发生了什么,而后又加上一句,没必要立马赶过来,已经来不及见上最后一面了,至于后事,她可以自己处理。但她似乎处理得不太顺利,因为在老人死后的第二天,死者的邮箱账号就开始到处发送神秘的幽灵邮件,好像上天看在死亡来得猝不及防的分上,给老工程师补偿了一点点幽默,而后者决定,以这种狡猾的方式在亲朋之间流连不去。但埃迪特怀疑不是这么回事，因为婆婆根本不会用电脑，更别提把讣告附在电子邮件里发出去了。整件事应当是这样：她近乎顽固地冲着逝者电脑里发现的邮件联系人点了又点，一次又一次地给他们发送没有主题的空邮件，直到她的大儿子过去，情况才有所好转，他帮她解决了电脑问题，陪她度过了这段艰难而痛苦的哀悼期。

丈夫的哥哥住得离老人们近一些，他俩住在汉诺威，从那里带着两个孩子赶过去要费劲得多，更别提还要顶着冬日的苦寒。埃迪特问丈夫，要不要把两个女儿留在家里，那时丈夫的目光穿透酒瓶底般厚重的镜片，忧愁又困惑地扫过她脸上的每一个角落，就像在给阳台的围栏扶手上漆前，扫过那些不知何时冒出来的斑斑锈迹一样。埃迪特的丈夫戴眼镜，每次不管因为什么理由要换新眼镜时，他总会买同一种款式。

埃迪特清楚地记得他们买的第一副眼镜，当时还说是所谓的经典款。那已经是七年前的事了，在汉诺威，离家不远的眼镜店里，那会儿他们的小女儿还没出生。两人站在店里，丈夫挨个试戴着时兴的所有窄框眼镜，直到埃迪特点了几副，说这些不错。他才点点头，把选中的五副眼镜拿到门口，就着街灯的昏暗光线一副接一副地试，埃迪特跟在一旁，把丈夫试戴每一副的模样都拍下来，让他发给他妈妈。发完照片，夫妻俩在眼镜店里的银色沙发上坐下来，等着婆婆回复。图片发过去时，她正在买菜，于是回复来得迟了一些。等了一个钟头，两人总算是能告诉那个始终挂着微笑的店员，还是算了，他们不要金属框的眼镜。埃迪特不想多嘴，但最后买回家的那一副让她烦躁地想起了公公那副丑眼镜。事后婆婆解释说，这种材质更不容易坏，因为她家老头总是不小心一屁股坐到眼镜上，要是每次都换新框就太贵了。

婆婆办事买东西都讲究一个实用。埃迪特只在过圣诞节时才买些实用的东西，比如苹果去核器、不沾底的烘焙模具、自动清洁的搅拌机。这些东西买回来就丢进厨房铬边玻璃柜的最顶层，只有在圣诞节聚会上才拿出来。她上回翻出这堆东西还是在一个多月前，公婆两人到汉诺威来，想看看两个孙女成长得怎么样。埃迪特震惊地看着婆婆的弧底运动鞋：仿佛她只是本着实用主义的精神，把她挚爱的那把摇椅穿在了身上，家里人每次在多特蒙德聚会时，她都会极具仪式感地坐在那把椅子上。她说，她的脊柱疼得受不了，一位女友推荐她买这双鞋穿。已经一个多月过去了，埃迪特还在想，婆婆会不会穿着那双弧底鞋去参加葬礼，她能想象得出那个场景。

当晚，她在布达佩斯给妈妈打电话，告诉她公公去世的事。妈妈怯怯地问，自己去参加葬礼合不合适，她让妈妈不要担心，没人觉得她会去葬礼，大家都知道她在医院有多少事要忙。在布达佩斯,每个人谈起埃迪特嫁给一个德国人还生了两个孩子,都说这是一段佳话。她那个挂着眼袋饱受抑郁折磨的妹妹一个人住,打着好几份工艰难过活。父母早在十五年前就离婚了,近年来埃迪特几乎没跟爸爸说过话,只有逢年过节才打电话问候几句。在她小时候,妈妈经常值班出差,于是她跟爸爸一起度过了很多时光。男人当时还期盼着能早日抱上外孙,结果埃迪特生了两个女儿,他那一肚子足球知识又不知道教给谁好了。没过多久,他就不再花大价钱跑到德国看望她们了。

葬礼上,德国家族的成员全数到齐,仿佛他们害怕老工程师飘在坟墓上查出勤一样。家族里有一大半人曾被困在东德,而现在,他们三三两两地聚在坟墓的另一侧,刚挖好的坟坑就像一堵下凹的柏林墙,隐秘地重提着他们所经历的一切,并暗地里把他们同更幸运的那一半亲戚区分开来。

埃迪特很少见到丈夫的堂表兄姊,也很少见到这些一脸倦容的长辈们,但她在他们脸上瞧见了许多熟悉的特质。她看着他们裹着特意新买却讲究得过了头的黑色毛呢大衣,在寒风中左右轻跺着脚,不由得想起了妈妈。她熟悉这些面庞上的特质,她熟悉他们眼周唇角皱纹的排布,那被沉默与焦虑侵蚀出的柔软纹路,还有那有心而无力的妆容。每张脸都让她想起妈妈,想起她在医院值班时熬得浮肿的双眼,她拼命强打着精神,因疲乏而松弛的肌肤下,细小的血管透出微微的青紫。

女牧师一袭黑袍，目光冷冰冰的，她嘴里赞颂着死者生前的德行，脚底下已经不知道拐去了哪里。孩子们则愈发站不住了，他们拽着各自妈妈的手，指着落在墓地灌木丛里可爱的鸟儿。婆婆神情肃穆，四下里瞥了瞥，接着握紧了身前的架子。

埃迪特第一次见到这种器具是在汉诺威。当时她正怀着头胎，坐在丈夫的车后座，她看到车窗外有三个穿着旧派克大衣的老妇人，就像命运三女神，她们蹒跚着脚步，正推着婴儿车穿过斑马线。她无比清晰地记得那时自己有多震惊：她不敢相信，怎么会有人放心把婴儿交给这三把连路都走不动的老骨头，丈夫踩了刹车，让她们先过去，这时她才看清，老太婆们身前推的不是婴儿车，而是带轮子的助行器。

婆婆身前撑着的，就是这种带轮子的助行器，她下巴收得紧紧的，周身散发着殉道者的寒气。但用"下巴紧收"来描述她的站姿并不恰当，因为这个老太太压根儿就没有下巴尖儿。她嘴唇以下是一个突兀的斜面，直连颈部，仿佛没有软骨，因此她看起来总是一脸凶相。

直到丈夫第一次剃掉飞快变白的金色胡子时，埃迪特才惊讶地发现，他的下巴也短到几乎没有。原来不光是大伯哥遗传了婆婆那张严肃的松鼠脸，丈夫也没能幸免。坟墓右侧的一张张面孔里，一眼就能看出哪些人跟她婆婆有着相同的血脉——他们基因里或多或少都带着点松鼠脸的特质，下巴都又短又斜。

葬礼之上，阳光慢慢升起，墓地却越来越冷。讲述亡人生平故事的迷宫只容单向通行，并不复杂，可逝者的这位长着金色睫毛的牧师却怎么也绕不回来。亲戚们冻得搓起手来，埃迪特的两个小女儿无聊得要命，她们看到奶奶招手，溜到助行器的两边，穿着厚毛袜的双脚来回踱着步。

埃迪特远远地看着她们。女儿们的眼睛都蓝得鲜艳醒目，看起来都遗传自布达佩斯的外婆。她们的卷发跟埃迪特的有几分相似，脸蛋则像爸爸。你们的叙述者也看出了这一切，除此之外，你们的叙述者还知道，女孩们的妈妈正在心里盘点着她们的优点。比如说，她们唱歌好听，节奏感极佳，还很会算数。

在漆黑墓坑铺成的背景的映衬下，妈妈看着两个女儿苍白的小脸，突然发现了一件事。这件事叙述者很久之前就了然于胸，而站在坟墓另一侧的亲戚，尽管他们很少见到这两个小姑娘，现在也终于有所察觉。这两个可爱的小姑娘也没有下巴——不用说，这很明显，她们的脸蛋也长成了松鼠的模样。

第二十二章
脚掌的故事

有那么一会儿,这个女人看起来就像睡着了一样。不,现在我们说的不是那个仰面躺着,睁着眼听达维德柔声讲故事的女孩,这个女人四十来岁,比她更年长,也更瘦一些。

她感觉脖子僵得发疼,便把头转向了另一侧。之前,她的颧骨上压着一条毛巾,现在女人转过头,读者们就可以看清她的脸了。您要是认不出她,也不必觉得奇怪:我们只见过她一面,当时她还裹在一件羽绒服里。按摩床不太舒服,女人趴在上面,不知道该把头放在哪里。床中央有一个洞,可以把脸卡进去,趴得舒服些。这个洞是为了让人冲着里头哭的,她想,这个酷似树洞的玩意儿,不是用来倾诉,而是用来痛哭的。她又想到了今天上的游泳课,上课时,她得把头全扎进水里。

按摩师每隔一会儿就问她疼不疼,问过后,他便继续不停地介绍着这些脉轮和穴位。女人再一次走神了,思绪乱成一团,占据了她的大脑。

她清瘦到近乎皮包骨,鼻子的线条如刀削般尖锐。为了不让按摩乳液弄脏那一头黑发,她把它们都扎了起来。如果这时候她没有趴在床上,而是仰躺着,我们就能看到她肚子上一道道横贯皮肤的妊娠纹,还有她下垂的乳房。所幸的是,等她穿上衣服,就什么也看不出来了。

从两年前开始,她一直坚持在这里足疗,主要是为了缓解偏头痛。其实她现在已经不疼了——今年一月,婆婆去世后,她的头疼立马就跟着消失了。婆婆病了八年,最后几个月都住在医院,但此前四年,她一直跟他们一起,住在那间小公寓里。

自从丈夫把妈妈接到他们家那天起,她头疼的毛病就开始犯了。老太太成天坐在沙发上,要么是在打盹,要么就是在支使他们干这干那。做什么饭都不合她的胃口,干什么事也不能让她安心。她把拐杖放在身旁,但凡想要什么东西,就愤怒地抓着它,重重捅几下地板。她跟早就入了土的熟人吵架,冲着刚放学回家的孩子们大吼大叫。婆婆就这么阴沉地杵在那儿,周身一阵阵地散发怒气和尿骚味。她脑后的墙上,一块硕大的黑色污块扩散着,蔓延过整面墙壁。后来,他们装修时重新粉刷了墙壁,污块就被盖住了,可有时女人看向那边,心中总觉得它好像还在那里。

按摩师又一次问她疼不疼，然后给她按起了脚掌。他手上力道丝毫不减，好像特意要弄疼她一样。他兴许是摸到了脚掌里的结节。

女人倒是挺享受，她已经站了整整一天了。她要重新收拾橱柜，还要打理孩子们的东西。幸好两个孩子都在露营，她至少不用给他们做饭。丈夫在婆婆家忙活，他要把那间房子里的物件都清空，清完才好把它租出去。那个地方光是想起来就像做了个噩梦，谢天谢地，她不用过去。

按摩师跟她说，曾经有人叫他去沙滩上干活，他差一点就被诓过去了，幸亏最后没去成。那时他跟沙滩主人谈条件，最后敲定的是，他在沙滩给游客按摩，主人只管抽成，再免去他在这儿度假的一切费用。他有个朋友还真的去干了几天，可没过多久，那人就回来了，他说，他们全被蒙了，整片沙滩都已经被一群黄皮肤的眯眯眼给垄断了。后来朋友找到了别的活计，但也够折腾的，他得穿着玩偶服在沙滩上摆着造型跟小孩拍照。来这里玩的人，谁会想跟玩偶拍照呢，难道你不会直奔巴拉顿湖吗？

可不是嘛，女人答道。没必要把什么都攥在手里。要想好好过日子，有些东西也不是非要不可。其实她真正想聊的跟这些一点关系都没有，但她趴在床上，盯着地板，始终无法鼓起勇气。其实她想说，丈夫就要离开她了。她好不容易心一横，正准备开口，男人把爽身粉撒在她脚上，按摩结束了。女人双脚踩进鞋子里，付了钱。

踏进家门时，她完全忘记了脚上还有爽身粉，在身后刚抛完光的地板上留下了一串白脚印。女人打开手机，打给丈夫，叫他在回来的路上买点面包。她没什么聊天的心情，她知道，每周四，丈夫都会到那个小贱人那里去。

她还知道，小贱人的名字叫赫尔佳。只要她想，她随时都能给她打电话。但她不想。她关上了手机。

咦，这会儿她又去了哪儿？女人突然从客厅消失了。来，我们跟上这串白脚印去看看！

她走进了婆婆的房间，当然了，现在已经没人住在这儿了。她想看看，这里全部搬空后是什么样子，墙上那块污斑还在不在。

女人进了门，朝沙发走过去。沙发靠背后的墙壁上，一个脏灰的圆形若隐若现。那是头的位置。她开了灯，走近细看，圆形不见了。她关了灯走出去，回头再看：圆形又出现了。

女人再次开了灯，走近沙发，仰起头来看向天花板和上面的老式球形灯。她突如其来爆发出一阵大笑，手上连按了好几次开关，灯关掉时，窗外的街灯照进来，在墙上映出一个稀薄的球影，从前婆婆坐在沙发上时，她的头差不多就摆在那里。墙上还映出了一点灯杆的影子，暗得几乎看不清。这个小插曲就仿佛死去的奶奶开的一个恶劣的玩笑。女人还在笑，她貌似笑得久过了头——事情本身没有这么好笑。黑暗中，她在沙发上坐了下来。

好几分钟过去了，她坐在老人的位子上，心想，她累死累活伺候老太太的这四年终究是他妈的白费了，丈夫还是要离婚。之前，他要靠她一起照顾老人，所以才不提这事，但现在他要提了，因为这个叫赫尔佳的小妞已经等不及了。

一阵沉重的疲倦感袭来，她想不起来，自己究竟有没有给丈夫打电话叫他带面包，那通电话说不定只是在她脑子里过了一遍。突然间，某个想法闪进了她的脑袋。一切都变得简单明朗，她一跃而起，浑身上下充满了干劲。

她走进储藏室，找出一捆绑带，这是搬家工人搬衣柜时剩下的。绑带装在篮子里，脏得要命。没关系。她走进卧室，把捆带穿进钉在墙上的书架顶层的孔洞。她试了试书架能不能承住她的重量，尽管当时为了孩子们的安全，她特地请师傅加固过。上午收拾书架时用的铝制小梯子还放在那里。她仔细地把梯子对齐，脸上一直挂着顽皮的坏笑，仿佛她脑子里刚刚蹦出了一个玩笑，比方才奶奶的那个还要更精彩。她还想起了丈夫常挂在嘴边的一个词儿：脚踏实地。哈，这说的是赫尔佳，她的两只脚肯定都踏在实地上。

女人站起身来，在胸前划了个十字，然后一脚踢开了梯子。她的一只脚疯狂地去够梯子的圆顶，想借此撑一撑，但随后滑了下去。另一条腿乱踢乱蹬，好像有人在半空中挠她的痒痒。

丈夫直到半夜才走进家门。猫不知怎么被关在了门外，他恼火地放它进门，然后脱了鞋，惊讶地看着地上的白脚印。卧室里亮着灯，他一步步走过去。绳子被门框挡住了，起先还看不见，他最先注意到的是两只脚的脚掌，然后是一股尿骚味。吊起来的女人显得更瘦了。在她的头顶，刚刚粉刷过的天花板上，到处都是指甲刮出的深深的抓痕。

第二十三章
嘴的故事

达维德又收到了这家公司发来的消息。消息里，一个自称贝施尼克的人保证会给达维德提供样品，还为耽搁了几天而道了歉。可这次，贝施尼克还是没留下电话号码，达维德没法找他敲定最后期限。报价单用的是英文，通篇都是可笑的错译，上面说，除了医用硅胶制品，他们还生产聚酰胺、聚酯纤维、聚丙烯制品，以及卢勒克斯金属丝制的医用材料，产品制作时都采用了尖端技术，做工是无可置疑的精良。这家公司的总部的确在市区，然而，官网上却说，他们的大部分产品是在摩尔多瓦北部一个叫博多沙尼的镇子上生产的，那里的人工费更便宜。达维德心想，他可能还得核实一下，博多沙尼的尖端技术究竟是什么水平。他打开电脑，就着手头所有的信息开始搜索这家公司。没费多大工夫，他就查到这家公司还在生产充气娃娃，它们皮肤的质感摸起来就像真人，有三种发型可选，价钱还挺公道。他只在屏幕上又点了一两下，电脑就跳转到了一个有趣的橡胶娃娃收藏家的主页，一起弹出的，还有一家罗马尼亚情趣用品制造商的网站。

达维德已经在酒店待了四天了。这四天来，他一直等着公司派代表联系他，说不定他们还能签下跟布加勒斯特诊所的合约。他没抱太大希望，只打算等到周六，如果走之前还谈不拢，他也不会再联系这家公司了。况且他们还没有签约保证人，达维德可不想因为顾客的硅胶假胸发炎惹上官司。

到了下午，他看够了电视，打算去外面散散步。这是个小城，他早就在主干道上漫步过好几回了，每一次，他的漫游都会终止于城市边缘的小广场。那里有幢快要拆除的漂亮小楼，楼门口刷着熟石灰，每天夜里，都有一个卖淫女穿着单薄的衣裳，在那儿拖着步子走来走去。起初，达维德还以为她只是个瘦巴巴的小女孩，她两条腿细得像火柴棍，脚上蹬着双厚底鞋，走起路来跟跟跄跄。在上回遇见女孩之前，达维德从没有看清过她的脸。但那次他仔细看过去，刚看清便被吓了一跳：女孩长着兔唇。

达维德见过的病例多到数不清，他熟悉唇裂的各种症状和并发症。女孩的问题乍一看相当严重，就算以外科医生的眼光来看，他也说不准她能不能正常发声和讲话，或者说，他看不出她有没有做过上颚修复手术。要不是贫穷绝望到了极点，她也不会顶着这么一张脸出来站街。女孩可能会用嘴服务那些猎奇的嫖客，这个念头无法控制地萦绕着他。

达维德过了桥，来到小广场，已经七点多了。女孩还站在那里。估计她已经见达维德来过好几次了，因为她抛着媚眼，朝着他晃了两步。她的面孔如孩子般稚嫩而天真，眼中却透出色欲和疲劳。达维德怕她来搭讪，于是缓缓转身，沿着岸边往回走去。

次日上午，他收到了一条发自贝施尼克的消息，对方说，他会带上植入假体的样品，还有所有的参数文件，当晚就到，他还诚恳地道了歉，说之前突发山洪，一片混乱，自己一直被困在郊区，现在才能赶过来。达维德想，怎么可能，这儿不就是郊区吗。不过他还是松了口气——终于不用再待下去了。上午，他出了门，打算去散散步。这些日子里的这个时候，他一般都只在酒店附近转转。这次，他却想沿着昨晚的轨迹再走一回。达维德轻车熟路，很快就走到了小广场，可他却惊讶地发现，女孩还站在那里，只是脱掉了外套。日光下她看起来更像个孩子，皮肤也更加苍白。女孩一下就发现了正朝她走过来的达维德。她一边看着他，一边用长长的粉舌头舔着自己裂开的上唇。达维德惊慌地发现，自己下体起了反应，他迅速转过身去，机械地走上一段上坡路。这条路上全是无聊又脏乱的现代市景，从前，他连一点儿往上爬的兴致都没有。达维德爬了大概五分钟才敢放慢脚步,他的心怦怦直跳。四周都是破旧的老写字楼,零星有几家商店,和一栋盖了一半的楼。他不想原路返回,因为那样就又要经过小广场了,于是他向左拐去,绕了一大圈回到市中心。

回去的路走得并不顺。达维德在崎岖难行的沥青路上跨过一个个坑洞,突然注意到有件事情相当古怪。我尽量描述得精确些,不过这可不容易,因为我得透过达维德的目光来讲述一切,而此刻,他正以异乡人的视角——满是好奇与怀疑地——端详着眼前的每一个细节。

透过一家门店的玻璃橱窗,可以看到一排白色折叠椅,店内的墙上贴着一排镜子。有个女孩躺在椅子上,达维德只能看得见她的头发。闪着光泽的深褐色卷发被一块白色的头巾拢在后头,一直垂到地上。一个穿着白大褂的女人像牙医一样俯在女孩脸旁。她的头富有节奏地上下摇摆着,活像一只鸽子,她的双手则悬在半空中。这景象看起来就像女人试图亲吻女孩,但有某种力量有节奏地把她往回拽,所以她才一直没法碰到女孩的脸。达维德想不明白她在干什么。女人的头动来动去,不时用张开的双手调整着什么,但她一直同女孩的脸保持着固定的距离。

女人大概觉察到了他的目光,因为她抬头朝这边看了过来。起初,她面上露出几分疑惑,几分生气,随即就变成了纯粹的好奇。女人把手放低了些,微笑起来。她肯定对躺着的女孩说了些什么，因为后者从折叠椅上坐了起来，如瀑的长发也随之摇摇摆摆。

达维德一生都没见过这样美的脸。刚坐起来的女人同样露出了微笑，达维德直直盯着那个方向，盯着这难以理解的美丽，看入了迷。女孩透过玻璃窗做了个口型，又打着手势让他走开。达维德张开双臂，表示自己完全不懂她的意思，又挥了挥手让她躺下。她躺了回去，她身边的女人又开始鸽子般点起了头。

宽敞的玻璃门上方，挂着"高端美容美发沙龙"的招牌。达维德花了很长时间才想明白，里头那个女人是在用绞面的手法给女孩拔眉毛。女人手里拿着两根细不可见的交叉线，她用嘴叼着线，用头来控制方向。女孩还有上唇的小胡子和脸上的汗毛要清理，又花了二十多分钟才做完，所以可想而知，当她走出门碰见依然杵在街角的达维德时，得有多惊讶。

这次终于不用读唇语了——女孩说，自己叫纳泽丽。不过她叫什么都无所谓，达维德已经无法呼吸了，她美得太不真实，他怎么看也看不够。

纳泽丽的一切都是完美的。她的身体柔软白皙，屁股像一个倒过来的爱心，头发浓密油亮，弯眉乌黑。还有她的嘴唇！她的嘴唇丰满，深红，总是含着笑，笨拙地蹦出几个法语词。她也不用懂太多法语，这零星的几个词已经能让达维德明白，她今年二十岁，在一家商店工作，那个美容师是她的朋友。

一周之后，达维德在布加勒斯特的大床上醒过来，而她就在一旁眨着眼睛。达维德抓了一把她的乳房，手掌抚过她生着绒毛的丰满大腿，再一次进入了她。他浸在她头发的香气里，几乎沉醉，这味道有时让他想到桃子，有时让他想到青草。在高潮的前一秒，那个兔唇妓女的模样突然浮现在他的脑海中，接着，他失控了，在纳泽丽的两腿之间去往了高潮。

随后他瘫软下来，倒在她的身上，看着她张开的双唇。女孩上唇又开始长出黑色的小绒毛，他心想，这倒让她显得更美了。

第二十四章
牙龈的故事

盖尔格陪客人上了楼。酒窖新建的一侧专门留了一间小房用来品酒。透过房里宽大的落地窗,能看到维拉尼城的葡萄园。葡萄藤上没剩下几片叶子,然而天中云翳低垂,地上的灰岩层层叠成梯田,晚秋的景色依然很美。盖尔格深爱着这片乡间田野。今年春天,他调了岗,从佩斯市搬到了这个地方。他只花了很小一笔钱,就从一个丧偶女人的手里拿下了这房子。她急着想要摆脱它,这房子根本用不着翻新,因为女人的亡夫生前是工程师,那家伙已经花大力气整修过了——他貌似是做历史遗迹保护的。这是一栋漂亮的小楼,有门廊还有铁艺窗。他们留下了所有的家具,还留下了一条羊毛毯和几个刺绣枕头。

盖尔格对着光线举起酒杯,开始讲解:深红的宝石色泽,层次丰富而多彩的花香,经典的温暖口感。入口后风味平衡，丹宁含量恰到好处，值得花几分钟留在口中细细品咂。他刚刚说到这里，手机就响了。他本打算接起来，说一句"一会儿再打给您"就挂掉，但屏幕显示，来电人是阿嬷。阿嬷是他奶奶，他小时候喜欢这样叫她，后来全家都喊她阿嬷了。

"我的小盖尔格，猜猜我在哪儿？"

阿嬷问得激情澎湃，仿佛她现在正在月球上给他打电话。盖尔格没办法，只好先离开品酒室，乖乖听她讲。此时，阿嬷正跟高比伯伯站在特雷兹环路上一栋房子的门前，她在那儿度过了整段童年时光，后来还一直住到了四十五岁。顺便插一嘴，她是家里唯一一个安然活过了童年的人：她有三个兄弟姐妹，全都死在了特雷布林卡集中营，就像他们的父母和祖父母一样。高比伯伯，阿嬷的第二任丈夫，他也是全家唯一的幸存者，不过他们从来不谈这些。这是老伯头一回看到特雷兹环路上的这所房子，他一直住在更富庶的布达城区，只有在的的确确有正事要办的时候，他才愿意过河去到"那边"，也就是佩斯城区。这回的正事就是陪阿嬷去看牙医。这两年，阿嬷因为牙龈萎缩，牙齿全掉光了，她洗过牙，打过针，可这些都不管用。嘴里没牙怎么走四方呢，伯瑟尔梅尼大街上的牙医却不明白这一点，他还没做好假牙，就死在了阿嬷前头，真是个浑蛋。"天有不测风云。"高比伯伯感叹了一句，然后给她预约了自己朋友克拉里卡的牙医，不巧，医生正在"那边"做手术。高比伯伯不怎么喜欢克拉里卡，每次提起她，都说"那个拉皮条的"，可是他也不得不承认，她有一口好牙。

看完牙医（克拉里卡说得不错，他的确是个绅士）回家的路上，阿嬷和高比伯伯顺道来瞧瞧这所房子，他们朝二楼看过去。窗户上糊着牛皮纸，上面写着"房屋出售"和一串电话号码。

"打过去问问！"盖尔格试图脱身，"对不起，阿嬷，我得挂了，现在我这儿有客人呢。"

高比伯伯打通了那个电话，屋主说他刚好在家，两位可以上来看看。阿嬷像个小姑娘一样害羞起来，磨磨蹭蹭地上了楼梯，看了看信箱上的名字。老住户大多已经不在了，不过地上铺着的还是原来的瓷砖，楼上的两扇弹簧门也安着跟原先一样的磨砂玻璃。阿嬷还记得，他们的邻居在一九五〇年住进对门那间房的时候，还用落地灯把那扇门上的玻璃砸烂了。高比伯伯不怎么想参观，但阿嬷坚持要上来。

开门的是一个秃顶的胖男人。他裹着一件大棉袄，因为这间空屋子里没有暖气。男人把他们让进屋里，两人刚踏进玄关，他就开始讲市中心的房子多么宜居，特别是对于老年人来讲，对吧，他们就算要出门办事，也不想跑得太远。高比伯伯面无表情地点着头，阿嬷走进另一间屋子，站在里面四下打量。壁炉还在，墙肯定已经重新粉刷过了，但也不知道有多少年没人打开过这几扇门了。它们颜色发黄，又烂又脏。木地板嘎吱作响，也还没有翻新过。她能看到最里面那间小屋子，还有屋门上的线条。阿嬷走上前去，俯下身子。她知道这里的每一条痕迹都是谁划上去的：最上面那条线是她长到一米五二时做的记号，门把手下面最矮的那条线是小弟的身高。老太太紧盯着那些痕迹，根本移不开视线，直到高比伯伯走过来，手搭上她的肩膀。

"以前爷爷的沙发椅就放在那里。"阿嬷指向墙角，声音颤抖着。妈妈以前总是坐在那里给他们读书，有时她也会讲起自己的童年，她在克卢日经历的那些故事。战争过后，他们才找到这张沙发椅，它已经有些脏了。战争期间，有个邻居把它拖进家里藏了起来，就像修女们把阿嬷藏起来一样。后来沙发椅装上了新的软垫，归了盖尔格的爸爸。去年盖尔格从父母家搬到乡下时也带上了这把椅子。不是他自己想带，而是为了让奶奶开心，他绝对恨这椅子恨得牙痒痒，也从来没有坐上去过。

客厅里，屋主正说着这房子的朝向有多么好，阿嬷却说了声失陪，缓步来到走廊，准备打电话。她觉得，当着人家的面打电话，就像当众补妆一样失礼。她在反光的宽楼梯前停下了脚步，拨了号。

"我的小盖尔格，你还记不记得，我给你讲过沙发椅的故事？"

盖尔格绝对记得，她已经给他讲过一百遍了。不过因为阿嬷现在没了牙齿，听她说话是种折磨。他刚给品酒的客人端来了三明治和奶酪，这对盖尔格来说倒是个好借口，他可以从品酒室出来，去厨房待上几分钟。阿嬷给小盖尔格讲故事时，总要提一句，曾祖母每天晚上都会坐在孩子们的床边给她们讲故事，而爸爸的轶事他已经听过无数遍了。

单论挑日子出生的本领来看，盖尔格的爸爸比奶奶强不了多少，他在一个秋日的午后来到这个世界时，他们家那一带刚被俄罗斯坦克轰成废墟。阿嬷从来不放过任何一个给家里人讲这个故事的机会，据她说，爸爸当时刚满一岁，他们社区的儿科医生被调到乡下去了，有个年轻大夫接替了他，正当用听诊器给盖尔格的爸爸做检查时，这个小男孩突然从沙发椅上爬起来，细细打量着这个新大夫。大夫弯下腰，小男孩用手指碰到了他的脸和小胡子，他摸了一会儿，然后突然从喉咙里发出一阵咯咯声：咯……咯……咯……

盖尔格很怕阿嬷要再讲一遍这个老掉牙的故事。他第一次听时，就觉得没意思，听到第一百次时，简直就成了上刑。幸好这次不是听故事，不过也够他受的了，阿嬷细细描述起壁炉的样子，还列数了几个尚在人世的老住户。

"对不起，我得去看看客人了。"他打断了奶奶，"他们还在等我呢，我们今天有个品酒会。"

盖尔格挂了电话，他想，他是不是还应该把这个该死的手机关了。干脆把那张沙发椅也卖了吧,如果有人能用得上它的话。

与此同时,阿嬷回到了客厅,高比伯伯正一脸认命地跟着屋主:"这一面墙是承重墙,那面墙也是,另外两面墙更薄一些。"他说,"我再来带你看看厕所和浴室吧。"

"据说,"房主走进充满回声的浴室,"以前有几个犹太人就住在这里面,我是说,也不知道是真是假。反正我听说了之后,就把这个地方翻了个底朝天。下水道、通风口,我都拆了个遍,谁知道他们有没有在里头藏金子。结果什么也没有。不过地板还没翻呢,说不定金子就藏在底下。要真是这样,您二位可就赚着啦。"他咧嘴一笑。

高比伯伯的目光简直黏在了瓷砖缝上,阿嬷则盯着开向采光井的窗户出神。要是她没有走神,她肯定会注意到,这扇窗户已经脏得要命。不过她什么也没想,脑子里一片空白。她只是凝视着那片仿佛陡然现形的朦胧昏暗的空间,就像从前的她,站在这扇窗子边,目光穿过了窗户,落在那些腐烂的死鸽子身上。

这时,盖尔格已经回到了品酒室,给客人们斟上了酒。

"同往年相比,今年的品种产的酒质量提升了很多。"他背着词,"这支酒入口浓醇、温暖,还能品出几丝樱桃香气。它颜色就像深红的红宝石。请看,它醇厚得像血一样。成熟的单宁,丰富的口感,还有绵长且近乎苦涩的余味。"

第二十五章
后颈的故事

男人坐在屏幕前,不知道第多少次回看着这些镜头。基本上全是一堆废片。他找了半天,就连一个符合他最初设想的镜头都找不出来,甚至退一万步,连个有意思的片段都没有。这可不行,他想,用这些素材什么也做不出来。可广告已经在外面贴了四天了,这玩意儿本来应该起到点作用的。

他起先着手推进的时候,这个点子看起来大有可为。男人往一楼窗户上贴了一大张白色的海报,版式就跟售房广告一模一样。海报上用红色字体写着"**此屋不出售**",底下是一串电话号码,还有一个直指他家门口的箭头。他原先的设想是,人们只会看自己想看的东西,这就意味着,找上门来的肯定都是想买房的人。他想借此说明,在现实生活中,人们总是看不到摆在眼前的事实,所以,面对不熟悉的情形,他们只能一步一步地靠近,从诸多细节里慢慢拼凑出事物的全貌。他想象着，有人敲门来访，他欣然领着来访者看房，再请他们坐下喝杯茶，好给他们解释，为什么这所房子不出售，为什么无论他们愿意出多少钱，自己也不会从伦敦中心这间古雅的小巢里搬出去。策展人非常看好这个创意，他和让-菲利普热烈地拥抱了好几次，他还希望，秋天到来之前就能看到成果。

去打印店取印好的海报时，让-菲利普暗自发笑——他真应该把店里那个可怜的小店员摸不着头脑的样子拍下来。他有点后悔没带上摄像机。随后他开始幻想，要怎样把来访者的脸截掉，又要在什么语境下展示成片和海报。也许还要附上房子的户型图，说不定还得加几张室内装潢的图片。

海报贴出去后的第一天，没人来看房子，甚至都没人打个电话来问。不用担心，他想，要过一段时间，行人才能注意到那句标语。这里不是什么主干道，只有家住这边的人，每天上下班时，才会经过这里。

第二天上午，门铃终于响了。他架好了摄像机，在心里过了遍词，打开了门。门口站着一对黑人夫妻，两人看起来都呆呆的。男的头发已经白了一半，女的则胖得惊人，一脸憔悴。他们坚持脱掉了脚上的凉鞋，走到客厅中央站定，不知该做些什么。让-菲利普花了点时间才让他们好好坐下，演讲可以开始了。

黑人夫妻脸上挂着热心的微笑，礼貌地沉默着，只听他说话，也不看房子了。有那么几次，让-菲利普不小心把同一个问题问了两次，这时，夫妻俩就会看向彼此，然后点点头，好像他们经过深思熟虑，终于在某个问题上达成一致似的。起初，让-菲利普只是有点怀疑，这对夫妇也许不懂英语，现在，这微末的疑心越来越强烈地升腾起来。突然，两人从尼龙口袋里拿出一捆现金，他们举着钱给他看，脸上又浮现出微笑。让-菲利普问他们，是否需要关掉摄像机，两人充满激情地表示赞成，他又问他们，是否介意继续出镜，两人又再一次同步点点头，当然没问题，没问题。让-菲利普感到一阵没来由的焦虑，还有雾气般笼罩上来的模糊的羞愧。他关掉了摄像机，给夫妻俩拿来一壶茶。两人从还非常烫的水壶里倒了两杯茶，咕嘟两口喝光，接着又各自倒了一杯，又是两口就喝光，然后，他们继续坐在沙发上，一动不动。好像在他们看来，茶水宣告着买卖已经完成，他们似乎正等着他打包行李搬走。让-菲利普后背开始冒汗了，他想争取点时间，于是念叨着"等下周再说，下周再说"。看起来这对夫妇经验丰富，他们一定见识过房主们送客时千奇百怪的理由，因为他们一听这话，就马上站了起来。两人都眼白发黄，赤着的脚上满是皱纹，就像穿着一双长筒袜。

回看录像时，让-菲利普发现，二人离开时，男人的深紫色嘴唇在不停抽搐。

这之后再也没有人来过。

到了第五天,他已经不抱期待了,可门铃又响了。一帮明显嗑嗨了的男孩鱼贯而入,他们一进门就坐下来,用询问的目光看着让-菲利普,好像他们无意闯进了某家餐馆的露天大厅,他们正看着的是位服务员。这个开头不算差,老实说,对他的项目而言,眼下的情形似乎还真能派上点用场。他走出客厅,进了厨房,想找点东西招待他们,而房里有个男孩已经开始乱翻他的唱片了。让-菲利普打开摄像机,开始拍摄这群小伙子;他们按响了门铃,但明显对这间房子一点兴趣都没有。两个男孩走进卧室,没脱衣服就倒在双人床上,第三个男孩在厨房点起一根烟,向他打听一个叫罗伯特的人有没有来过这里。他英语说得很烂,更要命的是,不论怎么跟他说,他就是听不懂这里不能吸烟,于是,到了最后,让-菲利普一把从他嘴里拔出烟,摁灭在水池里。男孩被抢了烟,还惊讶地瞪大了眼。在这个孩子坐上沙发,疯狂往嘴里塞进一大堆意大利饺子又打开电视之前,他以温顺而柔和的眼神朝男人看过去,嘴上又说了一遍罗伯特的名字。

剩下的人渐渐恢复了神智,准备走了,但坐在沙发上的男孩又点着头打起了瞌睡。他们喊了他一声,没叫醒。男孩们耸了耸肩,就把他一个人丢在这儿了。

让-菲利普拿来摄像机,拍下了男孩的脸。他们刚才叫的那声"伊米"应该就是他的名字。他的眼皮薄而发蓝,睫毛纤长。他睡着时蜷着身体，长发垂在颊侧，像个小孩子。

几小时后，伊米醒了，他镇定自若地问让-菲利普，可不可以让他冲个澡。男孩从浴室里出来时，浑身上下只穿着一条内裤，他一边擦着全湿的头发，一边简短地回答让-菲利普的问题。不，不是伦敦人。三个月了。塞尔维亚人。但不是塞族人，是匈牙利人，两三句话说不清。说实话，让-菲利普也不怎么感兴趣，对他而言，这两个国家都差不多。

男孩的确是个温柔但沉稳的情人，他没问半句房子的买卖，也没问让-菲利普的过去和现况。做完之后，他瘫软地横趴在床上，阖着泛蓝的眼皮，仿佛那个倒头睡过整个下午的人不是他一样。

让-菲利普抚摸着他的身体，从臀侧开始，途经光洁的脊椎，一直摸到脖子。他把男孩的长发拢到一边，想看看他的后颈。男孩猛地一个激灵，好像被碰到了身上的敏感区。他极快地翻了个身，仰面躺下来，把头发拢回脑后。

让-菲利普问他怎么了，是不是碰疼他了。男孩气呼呼地，咬牙不说话，只瞪着天花板。男人突然被某种恐惧攫住了心脏。他想，这个男孩说不定有传染病，他身上说不定有伤口，或者有其他一些不好的东西。他甚至根本不知道他是什么人，他是什么人都有可能。他们刚才连安全套都没用。他干巴巴地叫他穿上衣服，快走。

男孩没有反应，继续一动不动地仰面躺着，直到让-菲利普说，五分钟之后他还在这间公寓里的话，他就要报警，男孩才翻过身来趴在床上。

手又抚上了臀侧，途经光洁的脊椎，来到了后颈。男人撩起那捧半湿的金棕色头发。男孩的后颈上从左到右文满了不同的数字。

"你坐过牢吗？"让-菲利普问。

"没有。只是。我自己弄的。"

"这些数字是什么？"

"不是什么。我出生的时间。年，月，日，小时，分钟。"

"疼吗？"

"嗯，出生本来就很疼，对吧？"

说完，他又翻过身仰躺着。让-菲利普问了最后一个问题，文这个是为了什么。男孩说，文了好。"万一我死在战场上，"他用母语补充道，"他们会抓着我的脚把我拖走，到时候，上帝就可以看到它了。"

两周以后，他们身处一个陌生的国家，站在由一块块塑料板拼成的机场里。男孩要等三个朋友，他们要一起去亚德里亚海。让-菲利普的摄像机一直开着，他刚刚还录下了坐在长椅上的一家人，他们无事可做，也很疲惫。两人在破败的机场里晃了足足五个小时，那三个朋友才赶过来。

三人租了辆车来接他们，为了照顾让-菲利普，他们没在车里抽烟，不过接下来的两周里，车里头震天响的音乐一秒钟也没有停过。第一次过境时，车窗里递出一本法国护照、一本匈牙利护照、一本罗马尼亚护照和两本塞尔维亚护照，边检官立刻让他们下车，他要把车子内部好好检查一遍。这样的检查还要再来好几次，可男孩们只是爆发出一阵大笑，他们倚在车边，一支接一支地抽烟。

让-菲利普漫不经心地拎起边检官塞进他怀里的旅行包，再把这堆脏兮兮的东西重新扔回后备厢。他并不打算花费任何一点心力来理解当下这些关系，管它是感情关系还是边境关系，他都懒得理清。匈牙利男孩看起来跟罗马尼亚男孩是一对，在后半程路上，匈牙利男孩坐进了驾驶室，让-菲利普就坐到了罗马尼亚男孩旁边。这孩子总想抽大麻，他在脸上打了很多个装饰钉，让-菲利普不禁开始想，一块电磁铁是不是就能要了他的命。他们四个讲着匈牙利语，时不时给让-菲利普丢来一两个古怪的英文短语，要不是有这几个词，他根本搞不清他们到了哪儿，为什么停车，又为什么不直接去海边。

他们本来要穿过波斯尼亚，但罗马尼亚男孩没有签证，于是大家只能取道北边的克罗地亚。他们绕开波斯尼亚和黑塞哥维那，向克罗地亚境内的亚得里亚海驶去，几人越来越脏，喝得越来越醉，身上的钱也越来越少。他们在斯普利特城[1]停了下来，买了五件一模一样的印字黑T恤，让-菲利普看不懂那些字，而其余人则觉得它滑稽得要命。没过多久，他们就脱掉了T恤，因为车里没有空调了。一车人打着赤膊，大吼大叫，浑身是汗，继续往前开。脸钉男孩说得没错，波斯尼亚的海滩边有个位置隐蔽的小边检站，他们经过时，没有人检查护照。接着，他们沿着浸在炎炎日光下的黑山海岸线一路飞驰。让-菲利普每天都例行公事般问一句，他们现在在哪个国家，然后转头继续大喝难以下咽的罐装啤酒。

此前，他从没听说过还存在着一个塞尔维亚和黑山国家联盟[2]，但它的的确确存在着，因为不知从什么时候起，人们就问他们要欧元了。男孩们已经花光了所有的第纳尔[3]和库纳[4]，于是他们用期待的眼神看着让-菲利普，后者只好把自己卡里的存款全取了出来。到了酒店，拿着匈牙利护照的塞尔维亚男孩跟罗马尼亚男孩睡在一起，另一个金发的塞尔维亚男孩用刀在身上划出了许多个深深的口子，还吐了自己一

---

1 克罗地亚第二大城市。

2 塞尔维亚和黑山国家联盟，通称塞尔维亚和黑山，简称塞黑。前南斯拉夫解体后，塞尔维亚与黑山两个共和国于1992年首先组成南斯拉夫联盟共和国，后于2003年2月4日重组并改名为"塞尔维亚和黑山"。2006年6月3日，黑山正式宣布脱离塞尔维亚独立，6月5日，塞尔维亚亦宣布独立并且继承塞黑的国际法主体地位，塞黑从此消失。

3 塞尔维亚官方货币。

4 克罗地亚货币。

身。那天过得很艰难。他们想穿过塞尔维亚，回到伏伊伏丁那[1]，伊米想在这个地方把让-菲利普介绍给一个叫什么洛约什的歌手，他们四个都知道他。而让-菲利普此行收获颇丰——抽动的面庞，金黄的田野，废弃的房屋，他一路上捕捉到的有意思的镜头多到剪完一整部电影都绰绰有余。

法国男人坐在车里，累得几乎快要升天。他左边是叫伊米的塞尔维亚男孩，或者说匈牙利男孩，右边是罗马尼亚男孩，三个人紧紧挤成一团，挡风玻璃雾蒙蒙的，几乎什么也看不清。车上所有人都喝醉了，连开车的也不例外。一辆紫色的斯洛文尼亚货车开到了他们前面，天晓得它要开到哪里去，不出几分钟，他们就追不上它了。他们唱着歌，突然一个急转弯，汽车飞出了公路，在空中掉了个个，而后重重摔砸在焦黄的田野里，在低沉蝉鸣中继续翻滚。

让-菲利普恢复了意识，周围是一片恐怖的寂静，他的第一个念头是，他又一次在劫难中活了下来。渐渐地，他听到了远处公路传来的声音，面前的仪表盘被鲜血浸透。每个人都脸朝下栽倒，除了那个后颈有文身的男孩，他双臂伸展，仰面躺在遍野枯黄的草地上。

1　塞尔维亚共和国北部的自治省。

第二十六章
脊背的故事

蟋蟀不肯从洞里出来，但男孩知道，它肯定还在里面，因为他塞进洞里的草被扒了出来。他趴在洞口前，等待着。他已经备好了纸盒，就等着把蟋蟀装进里面拿回家。不过下手之前，他得先瞪大眼睛，挑好要抓哪一只，只有腿上带黄条的蟋蟀才会唱歌。

初夏，阳光酷烈地锤击着地面，他的后颈和肩胛晒得发疼，身上还爬满了蚂蚁，但他没有把它们粗暴地拍掉，而是轻柔地将它们拂了下去，他可不想惊动蟋蟀。蟋蟀过了很久才出来；它先是探出头，看了看四周，接着又爬回了洞里。男孩小心翼翼地把整块土都挖了起来，像装一块蛋糕一样把它装进纸盒。这么大的动静肯定把蟋蟀吓坏了，它躲了起来，没了声息，不过男孩知道，它就在这块土里。他盖上盒子。得赶快回家了，家里没人，他那只小寒鸦还没喂呢。他把它偷偷养在屋外的棚子里,这样哥哥和他的朋友们就不会取笑他,也不会去找寒鸦的麻烦了。

他蹚过丛生的荨麻草,抄近道跑下山坡,快步往家去。他家就在坡底,村里人把这一片叫作"平地",只有穷得搬不起家的人才会住在这块"平地"上。"平地"上没有通水渠,要喝水得去公共水井打。这边的住户已经好几年没交过公共服务费了,于是,市长决定封掉这一片的水泵井。可这井才封不久,就来了个城里人,他告诉居民们,市长这样做是违法的,他们有权用水,可居民们听完只是耸了耸肩。他一个外地人,又能翻起什么浪呢,他们本地人虽然看市长不顺眼,但起码还认识他。又有谁会想去办公室找市长的茬呢,生活里的不痛快已经够多了。他们宁可拖着桶去山顶的井里头打水——总的来说,这个问题现在还用不着太过担心,没准儿到了冬天就自有办法了。

去年冬天,这里也上演过一出闹剧。山下的人焚烧破布条时把山上的人全熏了下来,山上的人就说,山下的人是要毒死他们。男孩的父母拍着桌子勃然大怒,好啊,不烧可以,他们说,那政府就给我们送些柴火来呀,你但凡从树林里砍下来么么一两根小树枝,博格丹就能立马把你给举报喽。

博格丹也是所有"平地"居民的一块心病,他们怀疑,封井的事就是他挑起来的。这场骚乱对市长没有任何影响,他还在电台里讲话，说要把居民的福祉放在第一位，仿佛住在坡底的人不算居民一样。男孩还不懂这些事，不过有一次，他和弟弟看见博格丹骑着车路过，就朝他车轮底下扔了石头，然后，他们躲在高高的草地里，看他骂骂咧咧地下来检查辐条。今天，他又碰见了骑着车的博格丹，不过这次，男孩忙着摆弄手里的蟋蟀，没空理他。

他在棚子里找到一个鱼缸，把土块放在里头。玻璃鱼缸的一侧爬满了裂缝，不能养鱼，养蟋蟀倒是刚刚好。他还得找找那只小寒鸦，尽管给它搭了个围栏，它还是从里头跑出去了。

男孩把几块脏兮兮的塑料板丢到一边，那是哥哥们捡回来补屋顶的。寒鸦就倒在板子后面。这只笨鸟身上缠着绷带，失去了平衡，它躺在地上两块塑料板中间，冲男孩眨巴着眼。

男孩拍掉纸盒里的土，把鸟放进去，小心地拆下绷带，看翅膀长得怎么样了。它恢复得不错，但还得把绷带缠回去。为了不让羽毛被胶水粘住，他在绷带下面垫了布条，又用针管给它喂了点水。大哥总喜欢逗他，每次都说要把这只寒鸦煮了吃掉，男孩则回嘴道，反正你也吃不下去，它有毒。他知道大哥只是在开玩笑，但他还是把盒子往里推了推，又在周围竖起几个纸壳。这时候，他才感受到饥饿慢慢涌上肚子，于是，他朝村子里走去。

他朝博格丹家走去，院子里的樱桃熟了。男孩朝四周环顾一圈，想看看周围有没有人经过。老头一个人住，三十分钟前刚见他骑车出门去，所以男孩判断，现在他不可能在家。你们的作者很乐意在这儿插上一嘴，在男孩忙着小心地揭下粘在寒鸦羽毛上的绷带时，老头已经骑着车往家走了，车后座上还用松紧绳绑着一个包裹，里头装着他从图书馆讨来的破吸尘器。所谓的图书馆其实也说不上图书馆，它不过是一个多功能办公楼，这个吸尘器也已经坏了好几年了，不过博格丹说他能把它修好。前一天，他就拿回了吸尘器的管子，还把它斜靠在楼梯的拐角上。

　　男孩爬上树，开始摘樱桃吃。他撸下一把果子塞进嘴里，吐掉樱桃核。今年几乎没怎么下雨，樱桃的裂口少，它们坠在枝头，闪烁着熟透的深紫光泽。男孩的手和嘴都染成了蓝色，他把能摘到的樱桃都摘了下来，塞了满满一怀。

　　过了一会儿，他又向上爬了爬，找到一根足够粗壮的枝干，这样他就能背靠着树干，用两只手摘樱桃吃。他正打算伸手去够一根弯曲的树枝，树底便传来一个声音，那声音问，樱桃好不好吃。他吓呆了，这是博格丹的声音。他往下张望，但没看到人影。那声音又问道，樱桃合不合口味。这时他才看见，老人坐在地窖门口，背对着他。老人语气出奇地友善，男孩都被他弄得有点糊涂了，于是他回道，好吃。"那你就随便吃吧。"博格丹说。男孩真希望自己立马就窜下树跑得远远的,不过眼下这境况,最好还是先待着不动。"敞开了吃,能吃多少就吃多少,"老人接着说,"我可不心疼。"

男孩又往嘴里塞了一大口樱桃,但这回他连核都没敢往外吐,因为他惊讶地看到,老人慢慢站起身,朝这边走来。

博格丹走到树下站定,抬起头来:

"你要是下来,我就再送点别的东西给你。你可以去屋里转转,里头什么都有。你哥哥也跟朋友们一起来过,拿走了不少东西呢,你也进去看看吧?"

男孩听了就开始往下爬,但爬着爬着,他突然觉得有点不对。博格丹竟然就杵在他眼前,他没想到这老头站得这么近,只想离他远远的。老人从背后甩出一根金属管的时候,男孩吓得把嘴里的樱桃核都咽了,他摔在地上,博格丹开始抽打他的脊背。老人能够到哪里就朝哪里挥管子,他有点担心,会不会把吸尘器的管子抽坏,不过此时他怒火中烧,就算把这个小畜生活活抽死在眼前也不能解恨。至少这群王八蛋少了一个。他的哥哥们也总是跑到这里来偷东西,能偷的都被他们偷走了,上回他们顺走了他的大粪铲子,这回居然连他的旧自行车都不放过。"平地"上密密麻麻全是这些乱窜的臭虱子,这些家伙有一个算一个,再加上把他们生下来的老母,都应该窜到地狱里烂掉。

老人把男孩好一顿臭打,直到他累得胳膊都抬不起,才放下了吸尘器管子。孩子不动弹了，老人拿水一泼，给他浇了个透，等他稍稍清醒，老人警告他，他要是再看见男孩或者他家里的兄弟在这附近转悠，他就一颗一颗把他们的眼珠子全都抠出来。

男孩回去了，他没直接进家门，而是先钻进棚子，在一地纸壳上躺了下来。他哥哥到家时，一眼就看见他湿透的衣服紧贴在背上。哥哥带回了一辆自行车，不过它几乎已经是一堆破烂了，他打算明天把它拆掉，当废品卖了。

他跟弟弟说，下周他要跟朋友们去佩斯，什么都安排好了，有住的地方。如果他能搞到钱，就买柄猎枪，一枪崩了博格丹，再把他埋在一个谁也找不到的地方。也可以考虑一下恐龙战队的夜行面罩，这东西搞来只需要二十福林，等天黑之后，他就猫在大路上等着堵截这个孬种。男孩背上敷着药，说自己也想一起去佩斯，可他转念一想，寒鸦还不能飞，就又犹豫了。他也不敢问哥哥，要拿那只鸟怎么办。

足足过了两周，等那只鸟已经完全康复，放归自然，男孩才动身去找哥哥。起先，哥哥还张罗着帮他找工作，甚至还有一次，他把自己刚买的新手机都借给他了。但后来，哥哥自己的事都忙不过来，他只好对弟弟说，照顾好自个儿，小男子汉，然后就消失了好几周。但现在，哥哥无论如何都得到医院去了。医院打来的电话没有明说弟弟已死，因此哥哥完全摸不着头脑，他们把他叫过去，到底是想问他要什么文件。

他们给了他一份记录,上面写着:

"死者男,年约18—20周岁、体型偏瘦,棕色皮肤。全身多处瘀伤,颅骨未见外伤。两臂均见二次愈合的陈旧伤。背部可见长约8—10厘米,宽1—2厘米的斜向倒转疤痕,疑似鞭痕。"

哥哥这才明白过来,他惊呆了,直接跳过中间一大堆术语,看到最后一段:

"肺部支气管大出血,黏液恶臭,可能含有有机溶剂。经开颅测量,大脑为平均尺寸。死因为由二级脾脏破裂引发的腹腔大出血。"

男孩问他们,这纸上说的是不是他弟弟,他们又是在哪里发现他的。病理医师说,根据记录,尸体是在布达山上发现的。男孩听了,长出一口气,呼,还好这不是弟弟。不可能是他,肯定不是,弟弟这辈子都不会到那儿去。行,走吧,他用几近欢快的语调跟医生说,咱们去看看这个跟我弟弟弄混了的小孩。

第二十七章
鼻子的故事

这个故事不好讲，毕竟跟鼻子有关的故事多得数不清，其中还有好些已经广为人知。那我们就不讲鼻子，讲讲那个可怜的胖男人吧，他在批发市场当仓库保安，每天值班到晚上七点，会有个牵着狗的夜班同事来接他的班。

他也不是从没做过其他工作，在做保安前，他还在布达佩斯当过整整两年的公共交通检票员。在他还是个小孩子的时候，他就盼望着长大能当上检票员，可他妈妈给他找了个活计，在亲戚开的纺织品店里做一些杂活，这么一来，他只好在那儿干到三十岁才能去应聘。他主要在 4 路和 6 路有轨电车上检票，这基本算得上最烂的安排了。男人原本想去公交车上检票，此前，他一直在脑海中勾勒着那幅景象，想象着自己上车、下车、检查车票的样子。可排班的人说，这里是调度站，又不是许愿池。无所谓，好歹他也能戴着检票员的袖标。男人那时候还没有这么胖,他只是身上容易挂肉,扁平足,有点敦实罢了。那个时候他嘴上还留着圈络腮胡,眼睛外罩着墨镜,这么打扮能让他看起来更强硬些。现在他脖子上挂的工作证用的就是当时的照片。这张照片是两年前拍的,那时候他刚刚结了课,过了考试,找到了这份工作。这张照片上的他还有头发,但在那之后他就剃成了光头,还胖了三十千克。他的名字叫科沃尔约夫·米哈伊,这个也写在了工作证上。[1]

两年半以前,科沃尔约夫·米希当够了检票员,就去报名参加了保镖和保安培训课。说到这个,我们就不得不提:他从一开始就没有资格当携犬保安,因为科沃尔约夫·米希怕狗。他只能当个普通的白班保安,这就是他的命。他晚上必须按时回家,要是午夜前还没有见到他的人影,他妈妈绝对会急得发疯。"如今这个世道,"她絮叨着,"你晚上还是少出门的好!"不过咱们还是说回狗吧。要是谈起这个话题,他妈妈肯定会跟大家欣然分享,小米希为什么那么怕狗。"有一回,这个小可怜在奶奶家门口,就在路边的人行道上,让一只德国牧羊犬给扑倒了。"她的话匣子一打开就没法合上,我们还是别听她讲下去了,不然她就要把这个故事变成个人秀了!

---

[1] 米哈伊为米希的正式用名。

说回米希，他在电车上检票的时候，有的乘客会牵着狗上车，这时候他往往会挂着满身的大汗，拼了老命抬高腿，跨过那些趴在地上喘气的活物。他总是问这些死基佬要他们的宠物车票，还命令他们给狗戴上嘴套。米希一辈子都当不上携犬保安，不过他也不想再当检票员了。

他本来已经习惯了工作时不受人待见，这份差事就这样，这些事也是工作的一部分。他被骂过臭犹太，还被骂过别的，这些他都能忍下。可那个女孩成了压倒他的最后一根稻草。

他可不愿意回想这件事，但我们还是得提一提，只有这样，我们才有办法道出这之中隐匿着的种种联系。

有个金发女郎每天固定在巴罗什街站上车。检票时，他总跳过她，从没查过她的票。女孩只是看着他检票。他耸耸肩，说不定她一开始就没买票。等下次见到她，一定要查她的票，每次他都暗下决心，可只要他这么一想，女郎就会消失好长一段时间不来坐车。等她终于又出现时，他就会高兴得要命，这车票就又没有查成。他看得出，女孩没有结婚，看面相就不像是有老公的人。正因如此，在看见她带着一个小女孩上车的时候，他才会大吃一惊。她俩站在两列车厢的接缝，他走过去，没查她们的票，只是低头看着小女孩。小女孩的胳膊紧紧夹着一只蓝色毛绒大象，她也抬起头，回看着他。他想逗逗她，于是就问她有多大了。他记得，别人跟小孩子聊天的时候一般都这么开口。一旁的女人回瞪了他一眼，叫他滚开，难道他看不出这么大点的孩子免票吗？蠢货。说完她就下了车，踏在站台上时，她又重复了一次。女人穿了件黑皮衣，金色的发丝束成高马尾，她仿佛是在跟手上牵着的孩子说话，但每个坐在电车上的人都能清清楚楚地听见她嘴中吐出的词语：死肥猪。她骂道。死肥猪。

科沃尔约夫·米哈伊当场就摘了袖标。他听从了朋友的建议，找了这份新工作。干这个活挺危险的，应聘时，他们这么提醒他，不过他一点也不害怕。他喜欢挂着枪站在仓库门口，也喜欢交班后填单子的感觉。他最喜欢的莫过于日结工资时，在单子上签个字再一把撕下的感觉。他不怕小偷，也不怕劫匪。"他们只要看我一眼，就什么主意也不敢打了。"他总这么说，"要是哪个不长眼的敢到这儿来，老子就他妈的站在这儿，把他们都揍个稀巴烂。"

确实没有人到这儿来。到了下午，连小推车都没人推了，商场的大门关了，仓库大门口连个鬼影都没有。对面的办公楼在翻新，工人把好些暖气管和几个浴缸扔到大街上，然后他们也离开了。他不知道这是不是一个预兆，晚上会不会有大事要发生，但从午后开始，整件事就笼罩在迷雾里。

能确定的只有一件事：一会儿要出现在仓库后面的吉卜赛瘦男孩现在还不在那儿。现在他正在乐购商场里转悠，看看有没有人把钱落在购物车里。天气很热，他心情烦躁，打算回家，可是坐火车也要花钱。他来佩斯城一共才三个月，有一个月都跟一群捡破烂的混在一起。他待得已经够久了。也不是没有好处，他熟悉了城里的一草一木，比如知道去哪儿能填饱肚子，又能在哪里捡到废铜烂铁。但他一分钱都赚不到。他又讨过一阵子的饭，拄着根拐杖。也没用，他不但什么都没讨到，甚至还挨了两回打。除草浇花的工作也找不到，要是想找那种活儿，他们说，你得去布达的富人区碰运气。可他根本不认路。有一次，他倒是糊里糊涂地就到了布达，但那纯属偶然，他只是在公交车上坐过了站。在佩斯，他起码还有几个地方可去，虽然不多，但也好过哪里都容不下他。

傍晚六点左右，阳光还很炽热，男孩的头却已经疼得要炸开了。他翻遍身上的硬币，刚好够买一瓶啤酒。他拿着酒晃到仓库后面，一眼就看见了那些铁板。他捡过破烂，知道哪里有人收废铁，于是就走过去，看那些人在扔什么东西。有个大浴缸，不过一个人搬不走，他便开始捡暖气管子。弯腰时，他感觉喝下去的酒一下子冲到了头顶，脑袋一阵发晕。

对面街上，有个大块头男人在瞅着他，他是管仓库的，这儿不归他管。男孩拆管子时，他走了过来，问这是怎么回事。"关你鸟事？"男孩嘴上顶他一句，手上也没停，他看见地上还有脚手架的夹扣。

之后发生了什么,没有人知道。我们只能看见胖男人又问了句什么,男孩头也没抬。也不知道他有没有答话,但胖男人突然踩上了男孩的手。男孩刚想站起来,紧接着就被保安靴狠狠踢中了肚子。剧烈的疼痛刺得男孩失禁了,他尿了一裤子,还把喝下去的啤酒全都吐了出来。男孩还是爬了起来,嘴里嘶嘶地咒他,欠操的东西,你这个傻逼。边说着,边从地上抄起一根白管子就开始抽对面的人。管子的尾巴上有个弯钩,他把这个弯钩一下下甩在这个烂人的肥脸上。傻逼,傻逼,傻逼。他不停地猛抽着胖男人的脸和鼻子,抽到他两眼之间只剩下一片血肉模糊的平地,抽到他好像从没长过鼻梁一样。

科沃尔约夫·米哈伊昏昏睡去,梦中他跟在吉卜赛男孩屁股后面,跑进了一道弯弯曲曲的长走廊。跑着跑着,一大片水挡住了他的去路,他得游过去,才能继续往下追。这可真是奇怪,他的身体在水里没有变轻,反而重了好几倍,无论他怎么扑腾也动弹不了,他快憋不住气了。他想说话,可一张嘴,只有鲜血在往外冒。有个面罩飘来,蒙上他的脸,这下没有一个人能听见他想说的话了。只有贴在他嘴边才能听清他在说什么,但我们不用这样就能听得清。烂屁股的死基佬——他说的是这个。当然,有可能是我们听错了,这种情况下也没人能作证,说他讲的就是这句蠢话。

氧气续上了,他稍稍恢复了一些意识。远处有声音飘来，古怪的词句。给我管子，这根太细了！要八号。你是没长眼睛吗？锁骨下静脉穿刺！打碳酸氢盐！

医院走廊上，一个医学生浑身是汗地站在主治医生后面，负责辅助医生做心肺复苏。学生肯定是哪里做错了，因为科沃尔约夫·米哈伊听到了医生暴躁的指令。水又淹到了脖子，他想走两步，又听到了对岸某处传来的声音：

"垂直下压，按胸骨下面！快点。不是按中间！用点力呀，起搏器坏了！准备除颤器！"

四分钟后，刚刚那个学生又站在了走廊上。这回他肩膀一抽一抽地，手里攥着一个名字。他今晚的任务是找到死者家属，然后告诉他们这个死讯。

第二十八章
膝盖的故事

午后日头低垂,苍白的阳光淌过大玻璃窗。房里瘦削的老男人顶着满头的白发,在这大得像展厅的工作室里又绕了一圈。他一边走一边拍着照片,又调整了一些展品的布局。做完这些,老人后退几步,看着那边眯了眯眼。

他弯腰俯趴在地面上,调好焦距。老人身后的墙上规整地挂着一圈照片,全是他拍的。但这次他不打算这么做,他不仅要记录局部和细节,更要试着捕捉**整体**。

他想试试俯拍。男人扭了扭脚手架的金属曲柄,架子上的木制升降板水平滑向一旁,零部件的闷响和摩擦声在偌大的工作室里回荡。脚手架一共有六条横梁,横跨在几条竖直的支柱上。每条横梁上都有一块能左右滑动的跪凳。有了这工具的帮助,创作时,他只需伸手一拉,**作品**的所有部位便都近在一臂之内。很久以前,艺术家亲手设计了这个工具,那时候**作品**离成型还差得远。但随着时光流逝，它逐步建起，不断生长，艺术家渐渐察觉到，要爬到它的顶上会越来越难。如果先把所有素材都收集到一起，再花上几周时间，把它们照着最终的模样拼起来，也许能少费些工夫。然而，这缓慢而极尽精微的雕琢过程正是**作品**中不可或缺的一环。他日夜在脑中勾画着那个轮廓，他等待着，要用色彩和生命的气息来灌注它，如此，当那一天到来时，他就可以说：已经做好了。

设计脚手架时，他总是一次又一次想起列奥纳多·达·芬奇。在创作《安吉亚里之战》时，达·芬奇为了方便在墙壁的顶部作画，专门建造了一台升降机。每一天，老人的脑海中都会飘过几缕思绪：《安吉亚里之战》是一幅未完成的作品。绘画大师一开始调制蜡基时就弄错了比例，这幅画最后也毁掉了。

而这里也一样，不管是什么事，都有可能发生。会不会正因如此，这么多年来，他才执着于拍下**作品**每一个细节？会不会这份执着，就是为了让他无论何时，都可以回顾并重现**整体**呢？其实也不全如此。要继续创作这件作品，这些细节就是不可或缺的。日子一天天过去，每一个新做好的部分都预告着整件作品的完工。

他从很早开始就习惯了从头跪到尾。他这么做，跟忏悔没有多大的关系，这一跪是自然而然的。后来他恍然发觉，跪姿本身也是作品的一部分，否则，他何苦这样不倦地跪着呢。起初他只是弯着腰，然后是坐着，蹲着——那时他刚开始创作这件作品，第一步就是打出大致的轮廓。后来，他蹲累了，就换成跪的；再后来，他就全程跪着工作了。垫膝盖的枕头两三个月就要换一次，它们一个接着一个压在他皮包骨的膝盖下，逐渐变得又扁又硬。扔掉每一个旧枕头之前，他都会给它们拍张照片，这一组照片排成一列，挂在工作室左边的墙上。

右墙上也挂着一排照片，拍的都是他自己的手。每张照片上，他的手都摆着相同的姿势，拿着一个干掉的茶包。茶包倒不是同一个，它们被捏在拇指与食指间，几乎看不清上头的棉绳。站在几米开外看过去，这些照片就像打坐的人手部形貌的特写。许多人解读过他的作品，但对于这些评价，让-菲利普从来都不置一词，不提供任何参考意见。他习惯了跪坐的姿势，这成年累月的金刚坐[1]让他的膝盖上生了老茧。于他，跪坐并不意味着他要经由此道把贪婪转变为谦顺，这只是一个方便的姿势罢了。

　　欲望进入他，犹如江河
　　流入满而不动的大海，

---

[1] 印度瑜伽的一种基本姿势，主要姿势是双膝并拢跪在地上。

他能达到这样的平静，

而贪欲之人无法达到。[1]

有时候，作品的局部会有些许褪色，时间一长，作品的本色就变了。他得留意着这些。偶尔，也会有几处颜色变深，这时就要把它们取下来，再钉到其他的位置上。乍看之下，**作品**只是个形状不明的物体，一堆胡乱堆叠的突起。但如果我们绕着它走上几圈，它真正的形象便会徐徐显露在我们眼前。至少如果隔着些距离，走到工作室远端的角落再看过来，我们就能发现，这些突起其实彼此联系。一眼看去，**作品**展现的是一具男性的躯体，他俯趴在地上，只留膝盖以上的部分。他的双臂也被去掉了，或者也可以说，他的双臂超出了墙壁的界限。这个男人也没有头——他的脖子刚好卡在墙壁与天花板的交界，看起来就像把头伸进了断头台。他后背上的肌肉凝成哀伤而笨重的斜坡，他的两侧臀部看起来像两个匀称而稚嫩的半球。这具身体略略歪斜地躺着，如果他有腿，肯定有一条是曲起来的。白墙间一具沉睡的圣体。

他的皮肤是棕色的。如果稍微靠近些，我们就能在他的身上找到世间所有不同的肤色，但从远处看，他呈现的便是某种天鹅绒般难以言表的暗色。要是恰好就站在他的面前，

---

[1] 《薄伽梵歌》，[古印度] 毗耶娑著，黄宝生译，商务印书馆，2.70。

你就只能看到一些像素块，一个个晒干的茶包，然而你要是再走远些，就会发现它们彼此融合，汇成了一具身体。

假如工作室的屋顶是透明的玻璃，站在上面往下看，我们还能有新的发现。当然，要想将这件作品尽收眼底，还要站得比那高得多。不过如果房间外还有一只眼睛，比如说有一位神，祂的目光能像穿透众人的皮肤一样穿透工作室的墙壁，那么祂就会看到，这具俯卧着的男性残躯上写着字。从臀侧起始，到肩膀为止，许多深色的茶包融合成一个几乎看不清的词语，仿佛一个历经多年后已然褪色的文身。男人俯卧的身体上写着："三十年"。

第二十九章
胎记的故事

诺玛法公园[1]里挤满了人，几乎找不到停车位。处处都落满了洁白的绒雪，他们半小时前才刚刚出发，此刻却仿佛已不在原先的城市里。家门口的街道上，昨夜的雪已经变成了灰色的冰泥，山坡上的树通体都挂了晶莹的霜，厚厚的雪地里，载满了人的公交车正朝着山上缓缓蠕行。

男人和女人坐在车里，一点一点往前挪动，车排起了长队，他们的视线越过左右摇摆的雨刮器，紧紧盯着停车场，就等着哪里能空出一个车位来。后座上的小女孩絮叨个没完，没时间啦，该回家啦，车载音响播完《莫斯科广场》，格里卢斯的专辑在车里循环了第二遍。

身穿五颜六色滑雪服的孩子们和裹着羊羔绒登山服的大

---

[1] 位于布达佩斯西侧布达山脉的城市公园。

人们从一辆辆热气腾腾的车子里爬出来。他们有的拿出雪橇，有的组装好滑雪板，而后纷纷向小山坡走去。男人放慢车速，打开转向灯：刚好有一家人开着一辆铃木离开，他们终于有地方停车了。

车位很窄，孩子们几乎没法从左边下车，女人也小心地打开车门。他们旁边的车位上停着一辆雷诺梅甘娜，车子停得很歪，似乎司机倒车的时候遇到了麻烦。几乎是同一时间，这辆雷诺梅甘娜跟他们一起打开了车门，后排走下来一对男女，他们朝后备厢走去。他俩看上去三十来岁，年纪跟带孩子来这里玩的家长们差不多大。女人只是往他们车里看了一眼，就知道这对男女马上就会从后备厢里拎出一辆婴儿车。

雷诺梅甘娜的前排还坐着两个老人，他们还没有下车。枯瘦的老妇人把手放在方向盘上，手上的方形戒指大得惊人。他们想必就是祖父母了。但我们还是没看见小孩：小家伙说不定在后座上睡觉呢，大家都在等着。先前那一家人已经向草坪出发了，他们朝前弓着身子，避着扑面的风雪。男人把兜帽拉到脸上，妈妈弯下腰，在小女孩的衣服口袋里找什么东西。她又抓起车钥匙转头往回走，走到车旁时，这幅景象让她十分惊讶：旁边车上的那对男女熟练地展开了一辆折叠的黑色轮椅。这位母亲从车后座拿出手套，眼角却偷偷用余光瞟着他们。

他们把轮椅推到前排座位旁。原来，他们把车停得这么歪斜，全是为了给开门留出足够的空间。坐在里面的男人被抬到了轮椅上，夜色里的轮廓勾勒出他的形象，他是个上了年纪的秃头。戴戒指的奶奶抱着红色的毛毯等在一旁：病号一落座，她就迅速把毯子盖在他的身上，男青年也极快地为他戴好一顶针织帽。

回来拿手套的女人又回去了，爸爸已经带着小女儿上了滑雪场，父女俩踩着滑雪板，歪歪扭扭地往下滑。若是从光秃秃的树顶上往下看，整个大滑雪场有如布吕赫尔的画布，漫山遍野都攒动着小小的人，他们跑来跑去，看起来一模一样。没有人，绝对没有人会知道，回来给小女儿拿滑雪手套的女人和坐在轮椅上的男人之间有什么渊源。他们本人也没有想到，毕竟两人都没有认出彼此，如果不是命运的安排，他们也不会在这个大雪纷飞的傍晚相逢。

十七年前，或者换句话说，很久很久之前，久到女人那时还稚气未脱，看起来更像如今这个正在滑雪的小女孩。那时她尚未长成现在的模样。那时，布达佩斯的公交线路还没改过编号，后来的黑松林还只是几棵小树苗，总之，十七年前，两人相爱过。女人当时刚毕业，她在一家叫"工业设计"的建筑事务所当建筑设计师。男人则是建筑工程师，当然，他们俩是同事。那时，女人的妈妈还跟她住在一起，但现在妈妈早已不在人世了。男人跟妻子和三个孩子住在一起，三个孩子一转眼就长大了，其中两个我们刚刚还见到过——其实，先前那对三十上下的男女不是夫妻，而是工程师的小儿子和小女儿。工程师还有个大儿子，这个故事里没有他，不过在那时——如诸君所知，未来的黑松林还只是几棵小树苗的时候——这对情人能够相爱，他简直劳苦功高。那时他全程并不在场，就像现在一样，可他们要的恰恰就是他不在场：这对情人每隔一段时间就会在他的公寓里约会。女人没比男人在外地上学的大儿子年长几岁，当时，她还颇有兴致地扫视过这个人文学本科生的书架。每次她一丝不挂地站在书架前，工程师都会走到她身后，牵着她走到装着镜子的大衣柜前。他总是用手指一个个点出她的胎记。这样的胎记她身上一共有七个，一个在下巴上，三个在乳房上，剩下三个在别的地方。游戏的规则是说出每个胎记的名字（小痣，小小，点点，小鬼，小秘密，丑丑，斑斑）。女人很喜欢这个游戏，哪怕有时候根本没多少时间，她也一定要玩。她喜欢看着他们俩一起出现在镜子里，每当这时，她就会让工程师看看镜子，对他说，瞧瞧他们俩，多像站在一个相框里，工程师便会立马提起他有三个孩子，他还说自己已经老了，没有多余的精力组建一个新家庭。当时他可不老，他才四十九，正值男人的黄金期。他定期去游泳，打网球，痛苦地与脱发作斗争。女人总是替他检查头顶，看那一小片邪恶的地中海是否又扩大了疆域，她会说，啊，怎么会呢，一点也没有。但这丝毫没有让工程师感到安慰，每掉一根头发，他都感觉，无可避免的衰老和死亡正步步紧逼。

工程师的妻子——尽管工程师自信地觉得妻子没有起疑心——知道丈夫有这么一个情人，就像她同时知道丈夫的上一任，还有他未来会有的下一任，所有的情人，她全都一清二楚。不过，她也有不清楚的事，就是丈夫把大儿子的公寓作为幽会地点，要是把这个告诉她，她很可能会承受不了，尽管那段时间里她已经麻木了。后来，工程师给自己在维拉尼买了一栋小村舍，但按理说，当时他们最该做的是拿出所有的积蓄，支持三个已成年的孩子成家立业。值得一提的是，做爱所需的软硬适中的双人床，还有装着镜子的衣柜，都是妻子买的，组装时也是她在一旁监督，时兴的原木色家具组件被运来时，天上飘着雪，未来的黑松林还只是几棵小树苗。

所有的丈夫都以为，妻子不知道自己出轨了。这个正坐在滑雪板上抱着小女儿的爸爸也深信，自己的妻子完全没有生疑，而女人（我们刚刚说过，她自己也有情人）好几个月前就已经知道了。如果丈夫孤身去外地开研讨会，她只需要看一眼行李箱里装的内裤和衬衫，就知道他既不是孤身，也不是去开研讨会的。她苦思许久，在圣诞节烤罂粟籽面包卷时，也曾想过要和他谈一谈。不过现在，她一反常态，压根儿没想到这回事，只想着要买点兰戈什饼[1]吃。她隔着老远冲那两个人影招手，在空中比划着说要去买点吃的。

大约在同一时间，轮椅男的女儿也推着他在小路上调过头来，她想给爸爸买杯热茶，便推着他走向了小吃摊。妈妈和小儿子走在轮椅一旁，争论着应该换个什么样的煮水壶。

金发女人要了两个兰戈什饼，正看着小贩往上面撒洋葱，她突然想到，她可以给小女儿买个罂粟籽果馅卷，小女儿就爱吃那个。女人走向旁边的窗口，另一队人马也刚到那里。她一只手拿着两块包在纸里的兰戈什，准备付钱，掏口袋时不小心撞到了轮椅。一小块奶酪掉到了男人的外套上。"不好意思。"她道歉，低头朝他看了一眼。

几秒钟过后，她在针织帽下蜡黄且瘦得脱了相的头颅中认出了故人。他眼睛的变化最小。这双琥珀色眼睛几乎还是以前的模样，它掩在破破烂烂的口罩后面，仰视着她，仿佛在说，她没有认错人。忽然，伴随着一阵意外的刺痛，男人饱受肿瘤折磨的大脑开始运转，分崩离析的记忆深处倏尔浮出了那七个胎记的名字，仿佛有人问他七个自由王城的名字、七个马扎尔酋长的名字和七个小矮人的名字一样。女人已经记不起那些名字了。他也想不起女人的名字，脑中只剩下一道痛苦的手术疤。"嗨。"男人向她问好。声音比模样更

---

[1] 一种匈牙利传统菜肴，在油炸面饼上铺上各种口味的酱料，常作为快餐。

像从前的他。"嗨。"女人回道,仿佛她没看出男人当下的状况,仿佛时空的纸页可以来回翻动,人可以死掉,可以复活,可以重新开始,然后再重蹈覆辙。

妻子站在轮椅后面静静听着。只听这两句话就够了,这样的一来一回她听过很多句,很多次。比如有一次,她和丈夫去剧院,那时未来的黑松林还只是几棵小树苗。有个女人来迟了,她的座位在正中间,她只能侧身挤过观众与前排座位的小小间隙往里走。让道时,妻子只是把双腿偏向一侧,丈夫却一跃而起。这个身穿蕾丝连衣裙的陌生女人从他们身前经过时,她的裙子轻轻蹭到了男人的西装,当时她说的就是,嗨。眼前这个女人就是她,她下巴上有个胎记:没有人会忘记这点。

长着胎记的女人接过罂粟籽果馅卷,侧身从他们旁边走过,就像那次在剧院座位中侧身穿行一样。她在风中快步向滑雪场走去,没有回头。和轮椅男一起来的其他三人都点了单,老板从冒着热气的窗口里给他们依次递出纸盘。

几个人都吃完后,男青年为老男人擦掉嘴边的糖霜,女儿则俯下身,给他递了一捧雪。老男人没用它洗手,而是把它团成了一个球。他以一种只有孩子和将死之人才能拥有的好奇心与渴望,紧紧地把它攥在手中。

第三十章
臀的故事

一个女人推着童车走在大学路[1]上，不断暗骂着把车停在人行道上的司机。她拐进阿夫拉姆·扬库大街，走过学校教堂，又路过了巴比什-博雅依大学，我们这第二句话差不多快说完的时候，她正好走过比阿什尼旅馆的大门口。她从前几座建筑旁匆匆走过，心中没有一丝波澜，但最后一个地方让她想起了一个几年前认识的男人，他叫达维德，当时，他就是在这家旅馆住了一个星期。女人翘起童车的前轮，慢慢把它挪下路旁的台阶，推着它朝墓园方向走去。童车颠簸了几下，好在女儿没有被惊醒，仍在低头打着瞌睡，女人欣然松了一口气。

如果我们从半空中观察她行进的轨迹，就会发现，

---

[1] 罗马尼亚城市克卢日-纳波卡的地名。包括下文的"阿夫拉姆·扬库大街""巴比什-博雅依大学""比阿什尼旅馆""民主大街"。

六十八年前的今天，就在这个时候，有个名叫克斯米娜的小女孩也和她的妈妈一起走在同一条路上。那天的阳光就像今天一样明媚，不同的是，小克斯米娜没有打盹，她穿着新买的系带小皮鞋，小步小步地踢踏走在路上。不过推着小推车的这个女人，纳泽丽，她对这一切还一无所知。多么有趣的一个词语，一代人！人的身体在流转的日夜中上浮，下潜，随后又在记忆的表层重新浮出水面。起起落落，悠悠荡荡，身体就像一根缝衣针，把往昔和如今之间崩开的断层紧紧地缝在一起，而穿针的线却是无形的。

在小推车里打盹的孩子还是醒了，她渴了，嘴里嘟囔起来。女人连忙从包里翻出一瓶饮料，拧开瓶盖，换上带吸管的盖子。她弯下腰安抚着女儿，把塑料袋塞回车筐里，挡住了露在外面的钱包。

如果这时候她回过头看一眼，就能发现后面那个穿蓝色衬衫的男人，她弯下腰时，他始终紧盯着她，两眼放光。男人刚从比阿什尼旅馆里走出来，毫不夸张地说，他一直贴在她的屁股后面跟着她。她虽然已经生过孩子，屁股却依然又圆又翘，紧身棉布裙往上一裹，显得十分的好看。

男人扛着摄像机和三脚架，打算去墓园拍几张照片。他已经在那里拍了好几天了，但今天的光线格外好。他走在女人后面，惊喜地发现，她和自己要去的是同一个地方。在墓园里，她从视野中消失了一小会儿，不过他并不着急，打算过会儿再给她拍几张照片。这个女人浑身散发出惊人的青春活力，他在一家外国杂志的春季刊开设了彩摄专栏，她的相片如果能登上去，一定会非常出彩。他还想了几个抢眼的题目，比如"年轻的罗马尼亚母亲"，或者"死神花园里的生命"。他自信女人不会拒绝他的拍摄请求，不过在此之前，趁着光线正好，他得先把昨天没拍完的名人墓主题照都拍好。

留着一头棕色长发的女人正走向和摄影师相反的方向。他已经看不到她们了，小女孩从童车里跳出来，在地上跑过来又跑过去。后来，她在加尔文主义神学博士纳吉·安德拉什的坟头前蹲了下来，想在草丛里撒尿。不穿尿布对她来说还是件新鲜事，她尽情施展着刚刚学会的新技能，享受着获得自由的屁股。不过，鉴于她还没掌握不尿裤子的技术，妈妈从后面一把把她拎了起来。小女孩气坏了，她不想撒尿了。没过一会儿，她又跑到谢拜什杰恩·尤若夫太太之女保罗·萝扎莉奥的墓碑后面，再次试着撒尿，这次成功了，她把两只鞋都尿湿了。摄影师跟丢了，不过这也不影响什么，就算他跟上来，女人看到他那种不得体的眼神，也会嫌恶地挥手让他走开。我们心里已经清楚，杂志记者拍不成这组照片了，只不过他本人还蒙在鼓里。小女孩坐回车里，女人推着车，在墓园里摇摇晃晃地漫步。摄影师正在一个土耳其男人的墓前寻找拍摄角度，一眼就看到了路过的女人。她们没往出口去，反倒走向了墓园深处的围墙。那里有一面破破烂烂的铁丝网，从这面铁丝网出发，往民主大街的方向走，就是古老的犹太墓地了。女人走到一段几乎被踏平的铁丝网跟前，先把童车搬过去，然后又抱着孩子跨了过去。她们喜欢来这一片散步，因为这边从不会有人来。

在她搬起婴儿车时，手机响了，不过她没法腾出手来接。给她打电话的男人正坐在布加勒斯特一间诊所的主任办公室里。他早就想给她打电话了，只不过先是有个护士长来敲他的门，后又有个工作电话等着他去打。那通电话打了很久，达维德几乎把不耐烦写在了脸上，挂电话前，他拔高了音量，说了句"操你妈的"[1]，那一声恰好撞上了拿着一份复印文件回到他办公室的护士长，护士长立马称赞道，主任医生的罗马尼亚语说得真地道。

现在，长发女人终于把两只手都空了出来，她回拨了这个号码，护士长又一次从布加勒斯特的诊所房间里走了出去。小女孩在坟墓间东跑跑西转转，正在打电话的女人一直分神看着她。她边打电话，边来回踱着步子，心不在焉地揪着杂草，后来，她找到了一块墓碑，它有一半长满了青苔，还有一半陷在地里。她坐了上去，拢起棉布裙，接着讲电话。小女孩看着打电话的妈妈，觉得有趣极了，就爬到妈

1　原文是罗马尼亚语。

妈身边坐下，把手里的威化饼干举到耳旁，有模有样地学着打起了电话。如果有人能清理掉女人冰凉的臀下的青苔，再刮净遮住碑文的污垢，就会发现，躺在这座墓里的人名叫科兹马·阿隆。可是，已经很多年没人来扫过这块墓了，上面的碑文已模糊不清。这时候，小女孩已经把她的威化吃得渣都不剩了，女人也挂了电话，轻轻靠上身后的石头。这样一来，清晨的阳光就可以一层层穿过头顶的枝叶，轻轻地，落到她的脸上。